この川のむこうに君がいる

濱野京子

理論社

この川のむこうに君がいる

装画　北澤平祐
装幀　久保頼三郎

電車の轟音《ごうおん》が大きくなった。

川だ。これから毎日、この川を越《こ》えていく。

新しい日々が始まる。

梨乃《りの》は、解放感で心を満たして、車窓の外に目を向けた。空は少し霞《かす》んで、遠くにうっすらと秩父《ちちぶ》の山並《やまな》みが見える。そして川を渡《わた》れば、東京。

何かいいことがあるかもしれない、という期待に胸がふくらむ。電車はとてつもなく混んでいるけれど。

ガタンと窓が鳴って、視線を動かす。乗客の少ない下り電車がすれちがって、あっという間に走り去った。

鞄《かばん》をぎゅっと抱《だ》きしめながら、梨乃はもう一度思った。

新しい日々を生きる。

それが、岩井《いわい》梨乃の高校生活、二日目の決意だった。

一

梨乃《りの》が通うことになった私立緑野学園《みどりのがくえん》高校は、落ち着いた雰囲気《ふんいき》の共学校だ。一学年が五クラスで、東京の私学の中では規模は小さい方だという。梨乃の出身中学から進学した生徒はほかにいない。そのことが嬉《うれ》しかった。

──ここではだれも、わたしを知らない。

席は廊下《ろうか》側から五十音順で、一学期が終わるまでは、席替《せきが》えをしないらしい。梨乃は、いちばん廊下よりの列の前から三番目。すぐ前が女子だったことに、少しほっとした。

入学して二日目のこの日は、体育館に集まって上級生との対面式やオリエンテーションが行われた。

その後、クラスに別れてのホームルームで、自己紹介《しょうかい》をすることになった。梨乃たち一年三組のクラスの担任は、馬場咲百合《ばばさゆり》という名の眼鏡をかけた小柄《こがら》な女性で、自ら三十一歳《さい》だと年齢《ねんれい》を告げた。担当教科は生物だという。

「これから、みなさんにしてもらう自己紹介だけど、出席番号順がわかりやすいかな。でも、いつも『あ』からばかりじゃなんだから、青井《あおい》君と、和田《わだ》君でじゃんけんして」

「勝った方が先ですか?」

だれかが聞いて、少し笑いが起こった。

「勝った方が決める。はい、じゃんけん。最初はグー!」

馬場先生は、思いのほか威勢《いせい》よくかけ声をかけた。

結局、出席番号の最後からということになって、梨乃は内心でほっとした。ほかの生徒たちの言葉を聞きながら、自分が何を話すか考えたらいい、と思ったのだ。

最初の子が語ったのは、出身校や住む場所、部活の希望などで、二番目の男子生徒もおおむねそれにならった。

三番目に立ち上がったのは、初めての女子。すらっとした美少女で、ほんの一瞬《いっしゅん》、教室内がざわっとなったのを梨乃は感じた。

「横手美湖《よこてみこ》です。ミコは美しい湖と書きます。母が秋田県の田沢湖《たざわこ》近くの出身で、そんな名前になりました。出身中学は文京区の……」

美湖は、部活には触《ふ》れず、ボランティア活動に関心があると、はきはきした口調で語った。

三組の人数は三十四人。ほとんどが東京の中学から進学してきているが、梨乃の番が来るまで、埼玉県から通学してくる生徒が一人いた。男子生徒で、梨乃の通う路線とは別だった。

やがて、梨乃の番が来て立ち上がる。手が少し震《ふる》えた。大丈夫《だいじょうぶ》、わたしはうまくやれる、と言い聞かせて、すっと息を吸う。

「岩井《いわい》梨乃です。果物の梨《なし》という字のリと……」

言いかけて、言葉に詰《つ》まる。「乃《の》」をどう説明しようか。

「えーと……二画のノです」

その時、一つ前に座《すわ》っていた子のポニーテールが揺《ゆ》れた。その生徒は身体《からだ》を後ろに少しねじりながら、

「乃木坂《のぎざか》のノ？」

と聞いた。

「そうです。それ！」

あちこちから笑い声が起こる。しかし、いやな感じではなかった。

「埼玉県の、戸田《とだ》市の中学出身で、最寄《もよ》り駅は戸田公園《とだこうえん》です。部活は、いろいろ見学してから、じっくり考えたいと思います」

それだけ言って座る。ほっとした。

続いて、前の席の子が立ち上がった。

「赤崎陶子《あかざきとうこ》です。陶子のトウは陶磁器《とうじき》のトウという字です。埼玉県の蕨《わらび》市出身です。部活は吹奏楽部《すいそうがくぶ》に入るつもりです。中学の時も吹奏楽部でした。どうぞよろしくお願いします」

陶子は、座る前に、上半身をひねって、後ろの席の生徒たちに顔を見せた。そして、愛嬌《あいきょう》のある笑顔《えがお》を梨乃に向ける。口の動きで、よろしく、と言ったことが伝わった。

ホームルームが終わり、この日は午前だけで解散となったが、明日からは、通常の授業が始まるはずだ。

馬場先生が教室を出ていくと、すぐに陶子が振《ふ》り向《む》いた。

「同じ、埼玉組だね」

「うん。線が違《ちが》うけど。あ、でも、赤羽《あかばね》までは一緒《いっしょ》だね」

「蕨って、わかる?」

「もちろん。隣《となり》の市だもの」

「そうか。蕨って、全国でいちばん面積が小さい市なんだよ。知ってる?」

「あ、それは知らなかったかも。それはそうと、もう部活、決めてるんだね」

「うん。中学でやってたし。ここ、あんまり盛《さか》んじゃないけど、でも、クラリネットは続けたいから」

「……クラリネット、やってたの？」

「うん。けっこうがんばってたよ」

と陶子は笑った。

その日、特にどちらが誘《さそ》ったわけでもなく、自然の成り行きという風に、梨乃は陶子と一緒《いっしょ》に帰った。とはいえ、お互《たが》いが、マス目一つずつ、おずおずと「歩《ふ》」の駒《こま》を進めるという感じで、会話はあまりはずまない。相手の話すことに興味を持っていると示《しめ》すため、やや大仰《おおぎょう》に頷《うなず》いたりする。たぶん、相手も同じなのだろう、と思う。それでも、梨乃にとっては、中学時代に比べたらずっと気持ちが軽かった。

池袋《いけぶくろ》で埼京線《さいきょうせん》に乗《の》り換《か》える。おりよく快速が来た。

「快速でよかったね。まあ、あたしには関係ないけど」

という陶子の言葉に、梨乃は小さく頷いた。

あとは差しさわりのない会話が続いた。受験の時のことだとか、緑野学園の制服の評判などで、どちらかといえば、陶子が多くをしゃべり、それがまた梨乃には気が楽だった。

女子の制服は、紺色《こんいろ》のブレザーで、スカートはボックスプリーツだ。ブレザーの中は、白いシャツにリボンタイ。タイは学年ごとに違《ちが》っていて、今年の一年生は、臙脂《えんじ》だった。

スカートは、タータンチェックのものもあるが、新入生はほとんどが紺《こん》で、梨乃も陶子も紺のスカートをはいていた。紺色のスラックスの着用も可能で、冬場は少し増えるらしいが、今の時期はあまり見かけないし、一年三組の女子には一人もいなかった。

「チェックの方がかわいいけど、あんまりすぐに、チェックに変えると、目をつけられるって、ほんとかな」

入学式の後、そんなことをささやいているのを耳にしたので、陶子に聞いてみた。

「どうかなあ。緑野は落ち着いていて、いじめみたいなことはないって話だけど」

「だれに聞いたの？」

「ネットの評判。わかんないけどね」

陶子が、目を細めて笑った時、ちょうど赤羽に着いた。

「じゃあ、また明日」

梨乃も笑顔《えがお》で手を振《ふ》った。

快速電車なので、次に停《と》まるのは梨乃が降りる戸田公園だ。途中《とちゅう》、新河岸川《しんがしがわ》と荒川《あらかわ》を渡《わた》る。

荒川は、関東地方の中ではかなり大きな川だ。

これから三年間、この川を渡って通学する。少し前まで、川なんて見たくなかった。でも、もう大丈夫《だいじょうぶ》だ。梨乃はそう自分に言い聞かせた。


家に帰ると、母がリビングのソファに座《すわ》って編み物をしていた。

「学校、どうだった?」

かぎ針をせっせと動かしながら、母は顔を上げずに聞く。

「まあまあ。母さんは、仕事じゃなかったの?」

「今日はお休みの日」

母はようやく顔を上げると、気弱そうな笑顔を見せた。梨乃もわずかに笑顔を作って、自分の部屋へと向かう。こうして母は、家にいる時間の多くを、編み物をしながら過ごす。家の中に、またレースの小物が増えそうだ。

母は、今、信販会社《しんぱんがいしゃ》で事務のパートをしている。週四日の勤務だが、曜日は一定ではなかった。先月から始めたばかりの仕事で、主な仕事はパソコンのデータ入力だという。ここに引《ひ》っ越《こ》してきて、もうすぐ三年になるが、母もようやく、ここで暮らすことに慣れたのかもしれない。

「三年か……」

ベッドにごろりと横になり、天井《てんじょう》を見つめる。

いや、過去は振り返らない、これからだと思い、梨乃は、新しいクラスメイトのことを頭に浮《う》かべる。陶子とは親しくなれるかもしれない。感じのいい子だったし、同じ埼玉組だ。

吹奏楽部《すいそうがくぶ》に入ると宣言した陶子は、中学でもクラリネットを吹《ふ》いていたと言っていた。そのことに、わずかなひっかかりを感じた。

梨乃は、小学校六年の時には、中学に入ったら吹奏楽部に入ると決めていた。クラリネットを吹きたかったのだ。けれど、結局それは実現しなかった。

今からでは、遅《おそ》いだろうか。でも、もしも、吹奏楽部が未経験者も受け入れてくれるとしたら……。


次の日、梨乃が登校すると、教室の入り口で、

「おはよう」

と声をかけられた。色白の美少女は、たしか……と、昨日の自己紹介《しょうかい》に頭をめぐらす。一つ

の名前が浮《う》かんだ。

「おはよう、横手さん」

「あ、名前、覚えてくれたんだ」

美湖は、ふいに雲間から顔を出した月のように明るい笑顔《えがお》を見せる。でもそれはまだ、満月というほど無防備な明るさではない。

「女子で、トップバッターだったし」

梨乃は笑顔を返す。自然に笑えているだろうか。

「だよね。緊張《きんちょう》したよ。女子で渡辺《わたなべ》さんとか、吉田《よしだ》さんとかいないし。えーと……」

「そうそう！　前の子が、乃木坂《のぎざか》の乃って言ったんだ。梨乃って、いい名前だね」

「岩井梨乃」

「ありがとう」

「岩井さん、お弁当？」

「ううん、今日は駅のそばのコンビニで、おにぎりとサラダを買ってきた。横手さんはお弁当なの？」

「うん。母親に持たされた」

「いいなあ。うちの母、今年から、パートに行き始めたの。わたしの学費がかかるからって。それが、けっこう疲《つか》れるみたいで、お弁当を自分で作らないなら、適当に買いなさいって」

そう答えながら、しゃべりすぎたかな、と思った。美湖は別段気にするそぶりもなく、口を少し横に引くようにして笑った。

「あのね、ここの購買《こうばい》の、クラブハウスサンドが美味《おい》しいんだって。ボリュームあるし」

「へえ？　じゃあ、今度ためしてみようかな」

梨乃は、また笑顔を作り、少しだけ首を傾《かし》げて、自分の席に移動した。会話の切り上げ時というのは難しい、と思いながら。


その日の昼休み、梨乃は陶子と一緒《いっしょ》に昼食をとることにした。そっと教室内を見回す。弁当を手に外へと出ていった者もいたが、どう行動していいのかわからないという様子でいる生徒も少なくない。

その一方で、他のクラスに同じ出身校の仲間がいる生徒たちは、互いのクラスを行ったり来たりしているようだった。

以前からの知り合いらしい生徒が、にぎやかに声をはずませているのをちらっと見て、陶子が言った。

「同じ中学からここに来たの、あたしだけなんだよね。東京の学校に進学した子はけっこういるけど、やっぱりいちばん多かったのは県立だし。岩井さんとこは？」

「同じ」

「ちょっと心細いね」

「だね」

と頷《うなず》いたが、梨乃は、あえてそういう場を選んだのだ。

「部活、決めた？」

「まだ。赤崎さんは、決まってるんだったね」

「うん。明日、吹奏楽部《すいそうがくぶ》、見学に行くつもり。たしか、今日は活動日じゃないし」

「吹奏楽部って、やっぱりみんな、中学からやってる子ばっかりだよね」

「どうかなあ。強豪校《きょうごうこう》とかだと、そこ目指して、経験者が集まりそうだけど、学校によっても違《ちが》うんじゃない？」

「ここは、経験なくても、やれるかなあ」

「岩井さん、吹部《すいぶ》、興味あるの？」

「うん。ちょっとやってみたいなって……。でも、中学、帰宅部だったんだよね」

「じゃあ、明日、一緒《いっしょ》に見学行こうよ」

はずむような口調で、笑顔《えがお》になった陶子を見て、梨乃は少しほっとした。

吹奏楽部は、二年と三年合わせて十五人と、高校としては人数が少なめだと、陶子が教えてくれた。男子部員が少ないのは、吹奏楽部にはありがちで、ここも十五人中九人が女子生徒だった。

梨乃と陶子が見学に行った日は、それぞれのパートに別れて練習する日だった。好きな楽器を見学していいと顧問《こもん》の教師に言われ、陶子とともに、クラリネットの生徒たちが練習する部屋に行った。

クラリネットは現在三人。陶子が、まずまずのレベルの中学でクラリネットを吹《ふ》いていたこと、楽器も持っていることを告げると、一気に歓迎《かんげい》ムードになった。

「即戦力《そくせんりょく》だね！」

三年のパートリーダーの人が、梨乃に顔を向けて聞いた。

「あなたはやっていたの？　えーと、岩井さんだっけ？」

「あ、すみません。経験、ないんです。楽器も。それでも、入部できますか？」

「大丈夫《だいじょうぶ》だよ。高校から始めた部員もけっこういるから。でも、楽器は、やっていた人優先になっちゃうかも」

「じゃあ、母とも、相談してみます」

「お母さんと？」

「あ。その、お金もかかるし、それに、家事の手伝いも。でも、入りたいです」

「待ってるよ」

と言ってはくれたが、やはり、陶子のようには期待されていないだろうな、とつい思ってしまう。

それでも、吹《ふ》いてみる？　と聞かれて頷《うなず》いた。

実際に、クラリネットという楽器に手を触《ふ》れたのは初めてだった。二年生部員が、楽器の先端《せんたん》を外して梨乃に手渡《てわた》す。

「マウスピース。まずはこれで吹《ふ》いてみて」

くわえ方から教わって、息を吹き込《こ》んだが、まったく音が出なかった。

「あ、ぜんぜんだめだ」

気持ちが焦って、手に汗がにじんだ。みんなはいとも簡単そうに音を出しているのに。でも、先輩《せんぱい》たちはやさしかった。

「最初はみんなそうだよ」

と、笑顔《えがお》で言われて何度か試みるうちに、ピーッというけっこう大きな音が出た。

「そうそう。けっこう肺活量、ありそうだね」

マウスピースだけとはいえ、初めてクラリネットを吹いた。身体《からだ》がすいっと軽くなるような、高揚感《こうようかん》があった。

その時、梨乃は決めた。吹奏楽部《すいそうがくぶ》に入る、と。

母と二人の夕食後、梨乃は手早く食器を洗った。いつの頃《ころ》からか、食事の後片付けは、梨乃の仕事になっている。テーブルを台布巾《だいふきん》で拭《ふ》きながら、

「母さん、わたし、吹奏楽部に入りたいんだけど。だめかな」

と聞くと、母は少し眉《まゆ》を寄せた。

「楽器、買わなきゃいけないなら、父さんにも聞かないと」

このところ、父の帰宅が遅《おそ》く、夕飯も母と二人という日が続いていた。

「そんなことないと思うけど」

「それならいいけれど、あんまりお金がかかるようだとねえ」

「わかってるよ。もし、買わなきゃいけないんだったら、やめる」

とがった声で言い放ち、梨乃は自室に向かう。すぐに、あんな言い方をしなければよかったと、自己嫌悪《じこけんお》に陥《おちい》った。もっとやさしい言葉で話さなければいけないのに。

緑野学園は、私学としては学費の高い方ではない。しかしそれでも、母の本音としては、公立に行ってほしかったのだろう。それほど経済的に余裕《よゆう》がないことは、梨乃にもわかっていたが、どうしても東京の高校に行きたかった。それには、私学しか選択肢《せんたくし》がなかったのだ。

梨乃は、早速《さっそく》陶子に聞いてみようと思い、メッセージを送った。帰りがけにラインの友だち登録をしていたのだ。


吹奏楽部《すいそうがくぶ》って、みんな楽器、自前？

すぐに返信が来た。

まさか。
クラやフルートは、自前率割と高いかも。
だけど、ふつう、たいてい学校に楽器あるよ〜。

ありがと〜。じゃあ、入部したい！
いろいろ教えてね。

「了解《りょうかい》」というウサギのスタンプに、梨乃はかすかに笑った。

最初のうちは、だれもがよそよそしく、ばらばらな感じだったのが、数日経《た》ってクラスを見回すと、いつの間にか小グループがいくつかできている。おそらくだれもが、おずおずと、ともに過ごす相手を探して見つけている、という感じなのだろう。

梨乃は、陶子という仲間ができたことにほっとしていた。陶子は気さくでさっぱりした性格らしく、ごく自然に、梨乃と名前で呼んでくれるようになったので、梨乃の方でも、陶子、と相手を呼ぶようにした。

その日の昼休み、いつものように梨乃は向き合って陶子と弁当を食べていた。陶子は手作り弁当だが、梨乃は購買部《こうばいぶ》で買ったサンドイッチと牛乳だ。美湖から教わったクラブハウスサンドは、たしかにボリュームがあって美味《おい》しかった。

「梨乃、それ、美味しそうだね」

「まあまあ。手作り弁当には負けるけどね。だけど、カロリーありそうだから、こればっか食べてたら太りそう」

「運動部の子とか、そんなんじゃ足りないでしょ？　あ、でも、吹奏楽部《すいそうがくぶ》もけっこう体力使うよ」

二人がそんなことを話していると、

「吹奏楽部に入るの？」

と、声をかけられた。美湖だった。柔《やわ》らかな笑顔《えがお》を浮《う》かべている。美湖の後ろにもう一人女子生徒がいたが、梨乃は名前を思い出せなかった。

「そのつもり」

「やってたの？」

「あたしは中学でクラリネット。梨乃は、初めてだけど、ね」

「経験ないと、大変なんじゃない？」

「そんなことないよ。先輩《せんぱい》にも、高校から始めた人、何人もいるんだって」

と答えたのは陶子だった。

「妃津留《ひづる》は、入らないの？　中学でやってたんでしょ」

美湖が連れの生徒に聞いて、梨乃は思い出した。向原《むかいはら》妃津留だ。妃津留はぽっちゃりとした丸顔の生徒で、声が少し甲高《かんだか》い。そういえば、中学で吹奏楽部だったと自己紹介《しょうかい》の時に、言っていたような気がする。

「去年の十月まで、毎日クラリネット吹《ふ》いてたよ」

「へえ？　向原さんも、クラだったんだ。経験者、けっこう多いよね」

「クラは、人数、多いもんね」

「まあ、なんといっても、管弦楽《かんげんがく》でいえば、バイオリンと同じような役だもんね」

「経験者だったら、歓迎《かんげい》されるんじゃない？」

と、梨乃が言うと、妃津留は、うーん、という風に首を傾《かし》げた。

「ここの吹部《すいぶ》、あんまり盛《さか》んじゃないから。ちょっと物足りないかなって。美湖はどうするの？」

「先輩《せんぱい》に、バド、誘《さそ》われてるんだよね」

「あ、先輩いるんだ」

「うん、兄の同級生」

「ええ？　お兄さん、同じ学校なの？」

「あ、そうじゃなくて、中学の時の」

「そっか。いいな、お兄さん。あたし、妹しかいないから、お兄さんとか、ちょっと羨《うらや》ましいな」

と陶子が言った。

「妃津留も、お兄さんがいるんだったね」

「兄だけじゃないよ。弟も。うるさくて、やんなる」

妃津留が軽く眉《まゆ》を寄せた。

「岩井さん、きょうだいは？」

美湖に聞かれて、短く答える。

「わたしは、一人だけ」

「独りっ子かあ。親の愛、独占《どくせん》だね」

妃津留の言葉に、梨乃はただ静かに笑った。

二

梨乃《りの》が陶子《とうこ》とともに正式に吹奏楽部《すいそうがくぶ》に入部したのは、四月も後半になってからだった。

新入部員が顔を合わせることになったその日、ここでも、一人ずつ自己紹介《しょうかい》を行った。

吹奏楽部の顧問《こもん》は、松山美耶《まつやまみや》という名の音楽教師で、四十代のふくよかな女性だ。

部長は三年の若宮詩緒《わかみやしお》。太っているわけではないが、体格がよく背も高い。担当の楽器はテナーサックスだという。

一年の新入部員は、全部で九名、女子が六人だった。

活動の概要《がいよう》を説明したのは詩緒だった。いちばんの目標は、夏に行われるコンクールだが、そのほかに、年明けにはアンサンブルコンテストがある。それ以外にも演奏の機会はあって、秋には文化祭、十二月には区内のホールを借りて演奏会も行う。

東京都の吹奏楽コンクールは、人数の上限別に、大編成のA組、中編成のB組、小編成のC組に分かれている。

この春卒業した三年生部員は四人で、去年は部員が十九人しかいなかったこともあり、二十人までのC組に出場したが、今年は、一年全員がコンクールに参加できれば、二十名を越《こ》すから、B組での出場を目指すことになる。ちなみに中編成のB組は、BⅠとBⅡに分かれる。AとBⅡでの成績優秀校《ゆうしゅうこう》は上位のコンクールに進むことができるが、BⅠとCには上位大会はない。BⅡは、東京都吹奏楽コンクールの先に、東日本《ひがしにほん》学校吹奏楽大会があり、A組の優秀校は全国大会へと駒《こま》を進めることができる。

と、そんなことを説明されたが、ピンとこなかった梨乃は、こっそり陶子にささやいた。

「なんだかよくわからない」

「そのうちわかるよ。まずはここに慣れることだよね」

と、陶子は小声で応じた。

「では、一年生諸君。自己紹介をしてください。希望の楽器も。経験者は、何をやっていたか、もね。もちろん、違《ちが》う楽器を希望することもできます。ただ、全体のバランスで考えるので、希望が通るとは限りません」

一年生たちは、音楽室の教壇《きょうだん》の前に一列に並んで立った。最初に、いちばん窓寄りに立っていた、ボブヘアの女子生徒が口を開く。その生徒は、一年では珍《めずら》しいスラックス姿だった。

「一年五組の崎山帆波《さきやまほなみ》です。青川《あおかわ》中学で弦《げん》バスやってました。弦バス希望です。よろしくお願いします」

帆波が都心の中学名を口にしたとたんに、上級生たちがどよめく。

「青川中って、たしか、全日本の常連じゃん」

「弦バス復活かぁ」

帆波は、少し得意げに微笑《ほほえ》んだ。長身の帆波がそんな風に笑うと、威圧感《いあつかん》があって、梨乃はいささか気圧《けお》されるような印象を持った。

二人目は、対照的に小柄《こがら》な生徒だった。

「崎山さんと同じく、五組の小関真彩《こせきまあや》です。中学でフルートをやっていたのですが、二年の途中《とちゅう》で、手を怪我《けが》して退部しました。でも、高校になったら、再開したいとずっと思っていたので……。楽器は、またフルートをやりたいです」

途中で退部とはいっても、やはり真彩も未経験ではない。その後、三人目、四人目と続いたが、いずれも経験者だった。梨乃は少し不安になった。

やがて、隣《となり》に立つ陶子の番となった。

「一年三組の赤崎《あかざき》陶子です。中学で三年間、クラリネットをやってました。それほど強豪《きょうごう》ではなかったですけれど、去年はA編成で金賞をとりました。ここでも、クラリネットができれば嬉《うれ》しいです。楽器も持ってます」

「歓迎《かんげい》！」

と声がかかる。クラリネットをやっている上級生かもしれない。

「じゃあ、次の人」

松山先生に促《うなが》されて、梨乃は軽く頭を下げる。

「あの、わたしは……」

一瞬《いっしゅん》、言葉に詰《つ》まった。落ち着け、と言い聞かせて、声を出す。

「赤崎さんと同じ、一年三組の、岩井《いわい》梨乃です。未経験です。なんだかみんな経験者ばかりで、緊張《きんちょう》してます。楽器は……木管楽器がいいです」

早口でそれだけ言うと、梨乃はうつむいた。本当はクラリネットと言いたかった。しかし、三人目の女子生徒もクラリネット希望で、経験者だった。自分の入る余地はなさそうだと思ってしまったのだ。

その後にしゃべったトランペット志望の男子生徒が、未経験だったので、梨乃はほっとした。

「あと一人ね。じゃあ、お願いします」

先生が通路側に近いところに立つ男子生徒に顔を向けた。

「ぼくは、一年一組の、紺野遼《こんのりょう》っていいます」

その言葉を聞いたとたん、梨乃ははっとして、顔を上げた。標準語を話してはいたが、言葉に独特のイントネーションがあったのだ。そっと遼の方をうかがう。高校生としてはやや小柄《こがら》に感じるほかは、とりたてて特徴《とくちょう》のない生徒だが、背筋を伸《の》ばし、しっかりと前を向いて、怖《お》じることなく上級生を見つめている。

「トロンボーンをやってました。えーと、東京の中学を卒業しましたが、たぶん、みんなわかったと思うけど、東北出身です。福島の海沿いに住んでたけど、津波《つなみ》と原発のダブルパンチで、住めなくなって、東京に来ました」

重い内容のことを、遼はむしろ明るい口調で語った。

「まあ、あの震災《しんさい》で、被災《ひさい》されたのね」

先生がぽつりと言った。

「はい。それは、大変でしたけど、でも、おれは、ここでがんばりたいって思ってます」

期せずして拍手《はくしゅ》が起こった。それは、遼に対するものなのか、それとも、ちょうど一年生全員の自己紹介《しょうかい》が終わって、全員を歓迎《かんげい》するということなのかは、梨乃にはわからなかった。

一年生の楽器希望は、おおむねかなえられそうだった。陶子はクラリネットになった。去年は担当者がいなかった弦《げん》バスも、すんなりと帆波がやることに決まった。

「今年は、経験者が多いわね。それも、うまい具合《ぐあい》にばらけてる。岩井さん、どうしますか？」

先生の言葉をひきつぐように、部長の詩緒が言った。

「岩井さん、サックス、やってみませんか？」

「サックス、ですか？　大きいし、難しそうです」

クラリネットをやりたかった。その次にやりたいと思ったのはフルートで、サックスはあまり念頭にはなかったが、やりたくないとも口にできない。

「楽器は、それぞれ難しいよ。けど、アルトサックスは、比較的《ひかくてき》音が出しやすい楽器だし、今、吹《ふ》き手《て》、熱烈募集中《ねつれつぼしゅうちゅう》だから。とりあえず、しばらくやってみたらどうかな？」

詩緒がからっと笑い、その笑顔《えがお》につられるように、梨乃は頷《うなず》いた。見た目の形状はずいぶん違《ちが》うが、クラリネット同様、一枚リードの木管楽器だ。基本的な音の出し方が同じなら、いずれ、クラリネットに乗《の》り換《か》えることもできるかもしれない、とも思った。

こうして梨乃はアルトサックスを受け持つことが決まった。サックスは詩緒のほか、戸川《とがわ》拓斗《たくと》という二年生がアルトサックスを担当していた。今後は梨乃も含《ふく》めて三人でパート練習をすることになる。

その日は、パート練習に指定された三年生の教室で、楽器の仕組みから教わった。マウスピース、吹《ふ》き込《こ》み管《かん》ともいわれるネック、ボディ、ボウ、ベルと分かれるのだが、U字に曲がった先のベル、つまり音が外に出るところは、朝顔管《あさがおかん》と呼ばれると聞いて、なるほどと思った。ネックだけを手に持って息を吹き込む。詩緒の指導がいいのか、すぐに音が出た。お世辞にもいい音とはいえなかったが。

パート練習を終えて音楽室に戻《もど》ると、一年生たちが固まって談笑《だんしょう》していた。

「あ、梨乃、遅《おそ》かったね」

「あ、うん。先輩《せんぱい》に呼吸法、習ってた。陶子たちには、当たり前なんだろうけど、わたし、いろんなことが初めてで」

「高校で始めるって、勇気あるよね。すごいなあ」

と帆波が言った。笑っているけれど、少し棘《とげ》を感じた。

「別に、勇気なんてねえよ。やりたかっただけだから。っていうか、崎山さんは、もっと盛《さか》んな学校行こうと思わなかったのか?」

そう応じたのは、長尾純平《ながおじゅんぺい》。二組の生徒で、梨乃以外では唯一《ゆいいつ》の未経験者だが、希望どおりトランペットをやることになったはずだ。それから純平は、梨乃を見てにやっと笑った。

「別に、音楽家になるわけじゃないもの。学力と通学のしやすさの結果。赤崎さんは?」

「吹奏楽《すいそうがく》の強いところがいいかなって、迷ったけどね。でも、ここ、憧《あこが》れの学校だったし、まあまあ通いやすいから」

陶子はそう答えた。

その日は、一年生九人が一緒《いっしょ》に学校を出た。

最寄《もよ》り駅の地下鉄から池袋《いけぶくろ》方面に向かうのは、梨乃と陶子、そして純平と遼の四人だった。

「長尾君と紺野君は、どこ?」

と、陶子が聞いた。

まず、純平が答えた。

「あ、おれは、西武線の江古田《えこだ》」

「おれは、浮間舟渡《うきまふなど》」

「え？　じゃあ、紺野君は、梨乃と同じ線だね」

「へえ？　どこ？」

遼からそう問われた梨乃は、曖昧《あいまい》に笑った。

「も少し先。わたしと陶子は、埼玉組だから」

「あ、あたしは蕨《わらび》だから、線が違《ちが》うけど」

その時、ちょうど電車が到着《とうちゃく》して、四人で乗《の》り込《こ》んだ。

「しかし、紺野、大変だったんだな。おれも、あの日のことはよく覚えてるよ。小学校卒業間近で。こっちもけっこう揺《ゆ》れたよな」

純平が、梨乃と陶子に同意を求めた。

「そうそう。怖《こわ》かったよ。でも、東北はこっちより、ずっと……」

陶子は、言葉を途中《とちゅう》で止めて、目を落とした。

「おれんち、海からはそこそこ距離《きょり》があったから、流されるほどじゃなくて、まあ、一階の床《ゆか》から一メートルぐらいは、水が入ったかな。でも、修理すれば住めると思ってたけど……。原発がなあ」

遼は眉《まゆ》を寄せた。

「それで、東京に来たの？」

「うん。親戚頼《しんせきたよ》って。それもきつかったよ。そのうち、近くに家借りて。親父《おやじ》は、最初は県内に留まるつもりだったけんど、お袋《ふくろ》が線量のこととか気にして、妹も小さいし。それで、思い切ってマンション買った。あっちの家に比べたら、狭苦《せまくる》しくて、祖母は今も戻《もど》りたがってる。それでもまあ、おれんとこは、みんな大丈夫《だいじょうぶ》だったから、まだましかな」

陶子も純平も頷《うなず》きながら聞いていたけれど、梨乃は、少し距離を置いて、視線を落とす。あのできごとを、こんな風にあっけらかんと語れることが、梨乃には不思議だった。

電車が池袋に着いた。地下鉄の改札を出たところで、梨乃は、

「わたし、ちょっと本屋寄ってく」

と陶子に告げた。

「何買うの？」

「ちょっと参考書見ようかなって」

「じゃあ、また明日」

梨乃は軽く手を振《ふ》って、三人に背を向ける。少し歩いてから振り返ると、人混みの中、陶子と遼がＪＲの改札の方に向かうのが見えた。

書店に行こうと思ったわけではない。あのまま、遼の話を聞きたくなかったのだ。

その後、遼や純平と帰りが一緒《いっしょ》になることはなかった。女子は女子同士で固まるし、男子は男子で、空腹に耐《た》えかねて、駅までの道の途中《とちゅう》で買い食いに走ることも多いようだった。

四月のこの時期は、まだパート練習が多く、他のパートの子と話す機会もそう多くはない。遠巻きに遼を見ると、トロンボーンの先輩《せんぱい》とはうまくやっているようだし、たった三人の一年男子同士で、冗談《じょうだん》を言い合ったりして、仲がよさそうだ。

陶子や弦《げん》バスの帆波は、特に、即戦力《そくせんりょく》として期待されている気配が伝わってくる。その二人には、どこか張り合うような空気があって、一年女子六人は、男子ほどにはまとまってなかった。

梨乃は、詩緒先輩《せんぱい》に教わりながら基礎《きそ》練習に励《はげ》んでいた。腹式呼吸をしっかり身につけることで、ロングトーンも伸ばせる。それはわかっているが、日々《ひび》の練習は、いささか退屈《たいくつ》でもあった。もともと、希望した楽器ではないという思いもあって、どこか気持ちが乗り切れなかったのだ。たどたどしい指使いで、練習曲を吹《ふ》いてみても、音色がよそよそしくて、自分が吹いているとは思えない。

「吹奏楽部《すいそうがくぶ》、面白《おもしろ》い？」

振《ふ》り返《かえ》ると美湖《みこ》が立っていた。

「まあまあ」

梨乃は短く答えた。

「部員少ないけど、うまい人がいるんだってね」

「まだ、ちゃんと聴いてないんだ。基礎練習ばかりで」

「たしか、三年生のサックスの人」

三年のサックスといえば、詩緒だけだ。

「どうして、横手《よこて》さんが知ってるの？」

「先輩に聞いたの」

「そういえば、お兄さんの……バドミントン、やるの？」

「そのつもりだったけれど、友だちから、卓球《たっきゅう》にも誘《さそ》われてるんだ。連休前には決めるつもりだけど」

「そうなんだ」

「ねえ、吹奏楽部《すいそうがくぶ》に、三年前の大震災《だいしんさい》の時、福島で被災《ひさい》した子がいるんだって?」

「あ、うん。一組の男子だけど」

「大変だったんだろうね。それでも、こうして元気に部活やるなんて、紺野君、すごいなあ」

梨乃は、美湖が名前まで知っていることに、少し驚《おどろ》きながらも、曖昧《あいまい》に頷《うなず》く。美湖にそんなつもりがないことはわかるが、聞きようによっては、被災者《ひさいしゃ》は部活をやるのが相応《ふさわ》しくないようにもとれる。

「わたし、自己紹介《しょうかい》の時にも言ったけど、母が秋田出身だから、東北のことは、人ごとでなくて。同じ年頃《としごろ》の子で亡《な》くなった子がいたり、もう、ほんとつらかったな」

「……そうだね」

「紺野君には、がんばってほしいな。わたし、応援《おうえん》したい」

にっこりと美湖は笑った。

ごく自然に、がんばってほしいと、応援したいと口にする。たぶん人は、こういう子をやさしいというのだろう。実際、だれに対しても分《わ》け隔《へだ》てなく声をかける美湖は、美少女なだけでなく、気立てのいい子だとみなされているようだった。はきはきして明るいし、適度に情報通で、その情報も惜《お》しみなくクラスメイトに伝える。そういえば、クラブハウスサンドが美味《おい》しいと教えてくれたのも、美湖だった。

けれども、梨乃はそんな美湖に対して苦手意識があった。ただ、それがなぜかは、自分でもうまく説明できなかった。


五月の連休は、部活があるのは四連休最後の六日だけだった。吹奏楽部とは思えないと、陶子は少し不満げだが、梨乃はむしろ休めることがありがたかった。

運動部ではないのに、吹奏楽部は案外体力を使うようで、家に帰ると疲《つか》れてしまい、勉強が滞《とどこお》りがちだったのだ。

楽器は、いちおう持ち帰った。でも、家で練習するのは、ひたすらロングトーンばかりだった。それも、まずはネックだけで音を出す。しばらくその練習をしていたが、母からは、

「ずいぶん大きな音がするのね」

と言われてしまった。その後は、家で吹《ふ》く気が失《う》せた。

連休の二日目、思い切って楽器を持って外に出かけた。晴れて暑くもなく寒くもなく、外で音を出すには恰好《かっこう》の日和《ひより》だった。戸田公園に行ってみたが、思ったより人が多かったので、

梨乃はそのまま公園を抜《ぬ》けて、荒川《あらかわ》の土手に向かった。土手の緑と河原の草の緑が目にしみる。

こんな風に土手から川を見下ろすのは、ずいぶん久しぶりだった。川など見たくないと思った時期もあったけれど、今、この川を渡《わた》って、通学している。車窓から見る川に、少しずつなじんできたのだろうか。毎日乗っている電車が、ちょうど通っていくのが見えた。柔《やわ》らかな日差しを浴びて、素直《すなお》に心地《ここち》よいと感じた。

サックスの指使いはさほど難しくない。小学生の頃《ころ》から音楽の授業で使っているリコーダーに似ているのだ。音を出すことも、フルートや金管楽器よりは楽だから、梨乃も簡単な曲なら吹《ふ》けるようになっていた。でも、あまり音がきれいだとは思えなかった。どうも繊細《せんさい》さに欠ける気がした。やはり、クラリネットのまろやかな音色に憧《あこが》れる。

ふと、遠くの方から楽器の音が聞こえたような気がした。金管の音のようだった。けれどもそのかすかな音は、ちょうど集団で走ってきた男子たちの足音にかき消された。そして、野球部と思《おぼ》しき中学生たちが去った後には、何も聞こえなかった。

三

連休明けの朝、梨乃《りの》が教室に向かう廊下《ろうか》を歩いていると、後ろから声をかけられた。

「岩井《いわい》さん」

振《ふ》り返《かえ》ると、遼《りょう》が立っていた。

「何か？」

応じた声が少し硬《かた》い。つい身構えてしまう。

「あのさ、もしかして、岩井さん、東北に親戚《しんせき》とか、いる？」

「……どうして？」

「なんとなくだけど……言葉のアクセントから、いや、おれなんかに比べたら、すげえまともな標準語っていうか、そうなんだけど」

「母方の祖父母は、山形出身だけど」

「それでかな」

「それが、何か?」

言い方がきつくなった。

「別に。ごめん、変なこと聞いて。けど、山形なら、よかったよな。東側ほど、被害《ひがい》なくて」

遼は少し切なそうに笑うと、一組の教室の方に向かって歩いていった。

教室に入ってすぐに、

「ねえ、さっき、紺野《こんの》君と話してた?」

と、美湖《みこ》に聞かれた。

「あ、うん」

「親しいの?」

「まさか。……同じ部活なだけ。でも、どうして?」

「紹介《しょうかい》してもらおうかなって」

「紹介って?」

「あ、別に、男子としてどうのこうのってわけじゃなくて。がんばってほしいから」

美湖はにっこり笑った。がんばってほしいという言葉が嘘《うそ》だとは思わない。いい子なのだ。

でも、やはりなんだか苦手だ。

席に着いてから、その理由に思い至った。

似ているのだ。見た目の様子は違《ちが》うけれど、転校先の中学で最初に席が隣《となり》だった子と、どことなく雰囲気《ふんいき》が似ているのだ。

その生徒は、宮沢紅実《みやざわくみ》という名だった。


梨乃が、今の家に引《ひ》っ越《こ》してきたのは、三年近く前の夏だった。父の転勤がきっかけだ。新しい中学には、夏休み明けの九月から通った。梨乃にすれば、転校理由をあえて話そうとは思わなかったが、クラスの生徒たちは、すでに事情を知っていた。

梨乃は今も、忘れることができない。席を指定されて、紅実の隣に座《すわ》った時に、最初に言われた言葉を。

「大変だったんだね。津波《つなみ》で家がだめになってしまったんでしょ？　あたしたち、宮城から被災《ひさい》した人が来るって聞いた時、クラスで話し合って決めたんだよ。みんなで、岩井さんのこと、応援《おうえん》しようって。この学校のことは、なんでも聞いてね」

そして梨乃は、この時から、新しい学校で、かわいそうな被災者《ひさいしゃ》になった。

クラスの大半の子は、近隣《きんりん》の二つの小学校からの進学で、二学期ともなれば、クラス内の人間関係はすっかりできあがっている。そんな中に入っていくだけでも、ストレスなのだ。できれば、父の転勤ということだけにしたかったが、隠《かく》し通せるものでもないから、クラスメイトに事情が伝わっていたことを、驚《おどろ》いたり恨《うら》めしく思ったりしたわけではない。ただ事実を淡々《たんたん》と受け入れてほしかった。しかし、それは、紅実の言葉で、最初から躓《つまず》いた形になった。

紅実は、髪《かみ》を三つ編みにした、くりっとした目の持ち主で、笑うと左の頬《ほほ》にだけえくぼができる。はきはきとした物言いと愛嬌《あいきょう》のある豊かな表情で、女子のリーダー的な存在だった。音楽が好きで、部活は吹奏楽部《すいそうがくぶ》でクラリネットを吹《ふ》いているという。そんなことを、尋《たず》ねる前に梨乃に告げた。

吹奏楽部でクラリネットを担当していることは、紅実になんの罪もない。だが、ほんの一瞬《いっしゅん》、それは自分にとって奪《うば》われた夢なのだと思ってしまった。

高校生活の二日目に、陶子《とうこ》からクラリネットをやっていたと聞いた時も、心にひっかかりを覚えた。けれどそれは、自分が望みながら、できなかったことを陶子がやっていたからではない。紅実のことが頭をよぎったためだ。

小学校の六年生ぐらいから、中学に入学したら、吹奏楽部に入ると、ずっと思っていた。けれど、通常より半月以上遅《おく》れて入学した中学校で、部活をやる余裕《よゆう》はなかった。とてもそんな気持ちになれなかった。

故郷の中学には、避難所《ひなんじょ》になっていた小学校から通った。梨乃の家は、流されてしまったわけではなかったが、一階の天井までが水につかり、傾《かたむ》いてしまったために、たとえ水が引いても、そのまま住むことができなかったのだ。

運よく五月の下旬には仮設住宅に移ることができたが、四畳《じょう》半が二間とキッチンのプレハブ住宅で、部屋数は前の家の半分もないし、壁《かべ》が薄《うす》くて隣《となり》の物音がよく聞こえた。それが母を苦しめた。それでも、まだしもあの頃《ころ》の方が、母も気が張っていたようにも思う。

やがて、夏を前に水産加工の会社で働いていた父親が東京の本社へ転勤となり、八月に今のところに越《こ》してきた。

三月十一日の大地震《おおじしん》の日は、梨乃と母は、高台で一夜を明かした。そこから見下ろす街は真っ暗で、自分の家がどのあたりなのかさえ、見当がつかなかった。父が勤めていた会社はかなりの被害《ひがい》を受けたが、父も他の社員たちも無事だと翌日には確認《かくにん》できた。

しかし、中学生だった兄の消息がわからなくなった。

兄の貴樹《たかき》が見つかったのは、五日後のことだった。確認に出向いたのは両親で、梨乃が兄と対面したのは、葬儀の時だった。棺《ひつぎ》に作られた小窓から見た顔は兄の顔に間違いなく、それなのに、どこか現実ではないような気がして、梨乃は涙を流すこともなく見つめていた。あるいは、母の嘆《なげ》きがあまりに激しくて、泣くことができなくなってしまったのだろうか。

戸田《とだ》に越《こ》してきてしばらくの間、梨乃は病気がちの母を助けて、家事をこなした。結局、故郷から遠く離《はな》れた地に落ち着いてからも、部活どころではなかったのだ。慣れない土地で暮らすことや、気ごころの知れた友もいない不安、折に触れてよみがえるあの日のこと、津《つ》波《なみ》に襲《おそ》われる夢……。

大津波の警報に追われるように、高台に逃《に》げたあの日。ひたひたと寄せるどす黒い水が、思いもかけぬ速さで家や車を飲み込《のこ》んでいく。車が家にぶつかっていくさまに息を飲んだ時、ふいに何も見えなくなった。視界をさえぎるように、母が梨乃を抱《だ》きしめていた。梨乃は母にしがみついたまま震《ふる》えていた。あの時の、なんとも言いようのない空気や臭《にお》いの記憶《きおく》は、身体《からだ》にからみつくように長く残った。

故郷から遠く離《はな》れた転校先の学校を初めて訪《おとず》れた日、教室の生徒たちを見回しながら、自分が体験し、感じたことは、ここのだれにもわからない、わかるわけがないと梨乃は思った。わかってほしいとも思わない。ただ、ふつうにしてほしかった。

それを紅実が妨《さまた》げた。善意によって。

一年、二年と同じクラスだった紅実は、最も梨乃に親切にしてくれた生徒でもあった。紅実のおかげで、孤立《こりつ》しないですんだ。けれども紅実の示《しめ》す心遣《こころづか》いが苦しかった。

「東北の人って、辛抱《しんぼう》強いよね。避難所《ひなんじょ》での秩序《ちつじょ》、世界中から絶賛されたもの」

そう紅実が口にしたのは、いつだったろう。梨乃は曖昧《あいまい》に笑った。でも、心の中に、もやもやとした思いがひろがっていく。そんなんじゃない。そんなものじゃなかった。あの頃《ころ》の梨乃は、現実感を失ったまま、ただ時間がすぎるのに身を任せていた。与《あた》えられたものを食べ眠る。眠れなかったり寒かったりしたはずなのに、その記憶が希薄《きはく》だった。見知った顔も多かったから、互いに気遣いながらも、だれもがまだ混乱の中にいて、そんな中でだれかの死が確定していく。それが十二歳だった梨乃が覚えている避難所の景色だった。

「絆《きずな》ってほんとに大事だよね」

それは、紅実の言葉ではなかったのかもしれない。やたら、絆という言葉が流行《はや》った年だったから。でも、梨乃は、絆という言葉が、どうしても好きになれなかった。その時も、その言葉は嫌《きら》いだと言ってしまいそうになる自分を抑《おさ》えた。

三年で紅実とクラスが別れて、ほっとした。無論、その時のクラスメイトも、梨乃が宮城から越《こ》してきたことを知ってはいたけれど。

三年の二学期になってから、梨乃は、念頭にあった県立の高校から志望校を変更《へんこう》した。変えた理由の一つが、紅実がそこを目指しているらしいと聞いたことだった。そして、最終的には、だれも進学する者のいない学校がいいと考えるようになり、緑野《みどりの》を選んだ。もう三年も経《た》ったのだからとは思ったが、やはり震災《しんさい》で被害《ひがい》に遭《あ》った者という目で見られたくはなかった。

なぜ、紅実が苦手だったのだろう。やさしい子なのに。人気者なのに。自分の心が狭《せま》いのではないかと悩《なや》んだこともあった。そんなもろもろの感情を内に隠《かく》して、梨乃は物静かで落ち着いた生徒として中学生活をやり過ごした。

あの頃《ころ》は、学校だけでなく、家にいてもなかなか心が晴れなかった。転勤先で必死に働く父は、以前よりも帰宅が遅《おそ》くなった。父は仕事に逃《に》げていたのかもしれないと、今は思う。

梨乃は、家の中でほとんど母と二人で過ごすことになった。その母は、毎月の十一日には必ず眠《ねむ》れなくなり、体調を崩《くず》した。母は、兄の不在がどうしても耐《た》えがたかったのだ。

引っ越してきたばかりの頃は、そんな母と何度か諍《いさか》いをした。こっちの生活に慣れなければいけないのだからという梨乃に、感情的になった母は、

「梨乃は貴樹のこと、忘れちゃったの？　あんたがそんなに冷たい子だったなんて」

という言葉を投げつけた。それを聞いた梨乃の心は凍《こお》りついた。そう、自分は冷たいと思った。母の言葉で冷えたのだ……。それなら、わたしが死んだ方がよかったの？　と、そんな言葉を投げ返したかった。それを、すんでのところで飲《の》み込《こ》んだのは、一度や二度ではなかった。けれども、引っ越してきて半年たった頃から、梨乃は母を刺激《しげき》しないようにしようと思うようになった。家事もできるだけ手伝うようにした。抗《あらが》えば、かえって自分が傷つくことになる。だったら、自分が我慢《がまん》すればいいのだ。生き残ってしまったのは、梨乃の方なのだから。

学校では、ふつうに振《ふ》る舞《ま》うことを奪《うば》われて、同情を寄せられ続けていた。そのことで十分に気持ちがざわつくのだから、せめて家の中では、心静かに過ごしたかった。

もしも、兄が生きていたら、兄といろんなことを話せたら、被災《ひさい》したとしてもどれだけ救われたろう。何もわかってないくせに、簡単に同情なんかしてほしくない——そんな風に毒づいても、兄ならば、柔《やわ》らかく受け止めてくれただろう。

いや、そもそも、兄がいたならば、母はあんな風にはならなかった。

震災《しんさい》から一年ほど経《た》った頃《ころ》から、母は編み物を始めた。主には細いレースの糸を使ったかぎ針編みで、

「針を動かしていると、あれこれよけいなことを考えないですむのよ」

と、気弱な笑《え》みを浮《う》かべる。そうして、家の中に、母の編んだ小物が増えていく。テーブルセンターやテレビカバー、花瓶敷《かびんし》き、コースター……。が、なぜか、身につけるものは編もうとしなかった。

三年の二学期に、梨乃は受験する学校を、親に相談することなく自分で決めた。梨乃の一家は、津波《つなみ》でだめになった家と、今住んでいる中古マンションとの二重ローンを抱《かか》えていたので、東京の私立高校に進学したいと告げた時、母はしぶったが、最後には父が認めてくれた。

「震災で越《こ》してきたことを、だれも知らない学校に行きたい」

と、梨乃は母のいないところで告げた。

「そうか。……すまんな」

ぽつりと父はつぶやいた。なんに対して謝《あやま》っているの？　その問いを梨乃は飲《の》み込《こ》んだ。だれのせいでもないのだ。兄が亡《な》くなったことも、家を失ったことも、母の気持ちがふさいでいることも。

梨乃は、自分からは美湖に近づかないようにした。そんな自分を、心が狭《せま》いと思った。梨乃が被災《ひさい》して故郷を離《はな》れたことを、ここではだれも知らない。それなのに、一ヵ月も経たないうちに、避《さ》けようとする生徒が二人もできてしまった。

四

授業後のホームルームが長引いて、梨乃《りの》は陶子《とうこ》と急ぎ足で音楽室に向っていた。その時、陶子がふと思いついたという風に、

「そういえば、紺野《こんの》君って、福島にカノジョがいて、遠距離恋愛中《えんきょりれんあいちゅう》なんだって。長尾《ながお》君に聞いたんだけど」

と、言った。近づきたくない相手についての話題は心がざわめく。後ろ向きの感情であっても、それは感情なのだと妙《みょう》に納得《なっとく》しながら、努めてふつうの声を出す。

「へえ、そうなんだ。みんな、知ってるの？」

「まさか。いくらなんでも、そんなことぺらぺら言わないでしょ。あの二人、仲いいから」

「そりゃあ、そうだよね」

遼《りょう》と純平《じゅんぺい》はクラスは違《ちが》うが、ウマが合うのか、一緒《いっしょ》にいることが多かった。

福島にいるという交際相手は、避難《ひなん》しなかったのだろうか。いったんそう考えて、すぐに

頭から振《ふ》り払《はら》う。

「長尾君、カノジョの写真、見せてもらったんだって。スマホの。で、長尾君ってば、あたしに、だれにも言うなよって。けど、やっぱりあたし、梨乃に話しちゃった」

と、陶子はぺろっと舌を出した。梨乃にとっては、部活で最も親しいのは陶子なのだから、ほかに話題にする相手などいない。それでも噂《うわさ》は少しずつ広まっていくのかもしれない。

遼は、よく笑う明るい生徒だ。サックスにまだ愛着を持てずに、詩緒《しお》や拓斗《たくと》への態度も硬《かた》くなってしまいがちな梨乃に比べて、同期の部活仲間や先輩《せんぱい》たちにもなじんでいる。時には被災《ひさい》したことも、ネタにして、笑い話にしてしまうことさえある。遠巻きにそんな様子が目に入ると、梨乃は目も耳もふさぎたくなった。


その日のサックスの練習場所を音楽室で確認《かくにん》すると、三年生の教室が割り当てられていた。そこはたしか詩緒のクラスだ。楽器や教則本を手に教室の方に歩いていくと、テナーサックスの音色が聞こえてきた。それは、聴《き》き慣れたメロディーとはまったく違《ちが》うものだった。

梨乃は、開かれた戸口の前で足を止めた。

吹《ふ》いているのは、詩緒のほかにはありえない。何という曲だろう。これまで聴いてきたものとは、音色からして違《ちが》う気がする。音色は伸びやかで明澄《めいちょう》だが、どことなく哀愁《あいしゅう》を感じた。深みのある低音から高音にせり上がるように音が移動する時、梨乃はふと、音符《おんぷ》にない音だと思った。あえてフラット気味に吹《ふ》いているのか、ビブラートを含《ふく》みながら揺《ゆ》れる音色には、なんとも言えない艶《つや》があった。

うまい人がいると言った美湖《みこ》の言葉を思い出しながら、梨乃はそっとドアを開いた。

詩緒は窓寄りの場所で、背を向けて吹いていた。ふだんは背筋の伸びた人なのだが、わずかに姿勢が緩《ゆる》んでいる。それが妙《みょう》にさまになっていた。

合奏では中音域を担当するテナーサックスが、主旋律《しゅせんりつ》を吹くことはあまりない。だが、今聞こえてくる曲には、起伏《きふく》に富んだメロディーがあって、楽器は存分に歌っている。軽《かろ》やかにスイングするリズム、甘《あま》やかな音色。それなのに切なくて、苦しくて、胸が締《し》め付《つ》けられる。でも、聴《き》いていたい。この音に包まれて身をゆだねていたい。

ふいに音が止《や》んだ。詩緒がゆっくりと振《ふ》り返《かえ》る。

「あ、梨乃、どしたの？　そんなとこに、突《つ》っ立《た》って」

「すみません。聴き惚《ほ》れちゃった」

梨乃は恥《は》ずかしそうに微笑《ほほえ》んだ。

「ちょっと息抜《いきぬ》き。戸川《とがわ》、風邪《かぜ》で休みだし」

そういえば、いつも早めにやってくる拓斗がいない。

「何という曲ですか」

「今のは、『黒いオルフェ』というの」

「いい曲ですね」

そんな言葉しか口にできない自分がもどかしかった。詩緒は、ほんの少し遠い目をして言った。

「古い映画のタイトルで、主題曲。元はボサノバなんだけど、わたしは、ジャズアレンジが好きで。この手の曲もね、文化祭でなら、やれるよ。戸川はね、好きじゃないんだ。コンクール第一主義で」

サックスの二人の先輩《せんぱい》が、かなりタイプが違《ちが》うことは、梨乃も感じ取っていた。拓斗はとにかく正確できまじめな音を出す。それに比べて詩緒の音色には独特の艶があった。

「もう一度、聞かせてもらえますか?」

詩緒は片頬《かたほお》で笑うと、楽器を構えた。

それにしても、自分の音とは何という違いだろう。いつか、こんな風に吹けるようになるのだろうか。吹《ふ》いてみたい……。

この日、梨乃は初めて、サックスを本気でがんばってみようと思った。


久しぶりに菊地愛希菜《きくちあきな》からメールが来た。このところ、クラスメイトとはもっぱらラインのやりとりなので、珍《めずら》しいと思ってメールを読む。そういえば、愛希菜は未《いま》だにガラケーで、ラインはやっていないようだ。


――梨乃、元気？　吹奏楽部《すいそうがくぶ》に入ったって？　四年越《ご》しの夢だね。あたしは、卓球部《たっきゅうぶ》に入ったよ。そしたら、先輩《せんぱい》に菅原《すがわら》さんがいました。

梨乃のこと、心配してたよ。だから、東京の高校に行ってるって話しておいた。

夏に、こっちに来ませんか？　新しい家に泊《と》まりにおいでよ。


今も、梨乃が生まれ育った街で暮らす愛希菜は、小学校時代からの友人で、地元の県立高校に進学していた。その日のメールは、高校に入ってから二度目に寄越《よこ》したものだった。

愛希菜は、梨乃同様、津波《つなみ》で家を失ったが、故郷を離《はな》れることなく、一年近く仮設住宅で暮らしてから、高台に居を構えて移った。新しい家は知らないが、埼玉に引《ひ》っ越《こ》す直前、仮設住宅の家を訪ねたことがあった。その時、愛希菜はけっこう本気で羨《うらや》ましそうに言った。

「いいなあ、梨乃は東京に行けて」

梨乃は内心では、わたしは引っ越したくなんてなかった、と思ったが、

「違《ちが》うよ、サイタマだよ」

と、少しおどけるように言った。中学時代を通じて、メールのやりとりは続いたが、時間が経《た》つにつれ、少しずつその間隔《かんかく》が空いていくのはしかたがないのかもしれない。それでも、中学になじめなかった梨乃にとって、愛希菜はだれよりも大事な友人だった。

菅原太一《たいち》は、兄である貴樹《たかき》の親友だった。同級生であり、部活も兄と同じ卓球部だった。そして、小学生だった梨乃の憧《あこが》れの人でもあった。大地震《おおじしん》の一ヵ月ほど前のバレンタインデーに、梨乃は初めて義理ではないチョコレートをあげた。太一は、お返ししなきゃね、と言ったが、その後の地震と津波で、ホワイトデーどころではなくなった。

貴樹が遺体で戻《もど》った後、太一は本気で泣いてくれた。それから、二ヵ月ほど経ってから、梨乃は太一に、付き合おうと言われた。

「おれたちが仲良くなったら、きっと貴樹も安心するんじゃないかな」

太一は、母についての愚痴《ぐち》も辛抱《しんぼう》強く聞いてくれた。

梨乃が入学したのは、少し前まで兄が通っていた中学だった。その中学は、津波《つなみ》による大きな被害《ひがい》はなかった。

放課後、すぐに帰りたくないという梨乃に、太一はよく付き合ってくれた。

「おれは、貴樹の話、避《さ》けたくないんだ。梨乃とも、あいつの話、たくさんしたい」

そんな太一の言葉に頷《うなず》きながら、梨乃はよく泣いた。家では決して泣かなかったのに。

もしも梨乃が故郷で暮らし続けていたら、太一との関係も、違《ちが》った展開になっただろうか。

梨乃は小さく首を振《ふ》った。

太一の家を訪《おとず》れた時のことがよみがえる。

太一の家族は、梨乃を歓待《かんたい》した。その家には、兄の貴樹は何度も訪れていたようで、太一の両親も、祖母も姉も、「貴樹君の妹」を温かく迎《むか》え入れてくれた。川からはさほど離《はな》れていないのに、この家は水に浸《つ》かることもなく、だれ一人犠牲者《ぎせいしゃ》は出なかった。海から遡《さかのぼ》った水があふれたのは、太一の住む家の対岸だったのだ。

梨乃のために用意してくれた菓子《かし》を土産《みやげ》にもらい、送るという太一とともに家を出た。わ

ざわざ玄関《げんかん》まで見送ってくれた太一の母が、家の中に消えた時、

「ごめんな」

と、太一はそうつぶやいた。それが梨乃の心に落ちた、最初の小さなしみだった。

道を一本挟《はさ》んで、あるいは川のむこうとこちらで、命運がくっきりと別れた――それは、あの時の東北地方の太平洋沿岸で、いくらでも見られた光景だった。

梨乃の家が太一の家のすぐ対岸にあったわけではないけれど、やはり家に住めなくなった梨乃にとって、この対比は身にこたえた。でも、それ以上に太一は辛《つら》かったのかもしれない。

「ごめんな」とは、自分の家族も家も、無事だったことが後ろめたくて、つい口をついて出てしまった言葉だったのだろう。後ろめたさは梨乃にもあった。――なぜ、自分は生き残ったのだろう……。

周囲には、身内や友人で犠牲者《ぎせいしゃ》が出なかった者などどこにもいない。だから、生き残った者の多くは、そう自問したはずだ。なぜ？　その問いは、理不尽《りふじん》な死に対する怒《いか》りであり、悲しみであり、同時に後ろめたさでもあった。

とはいえ、人びとが抱《いだ》く後ろめたさには、置かれた状況《じょうきょう》によって濃淡《のうたん》がある。結局、太一との間にあったその濃淡を、梨乃は超《こ》えることができなかった。

戸田《とだ》に引《ひ》っ越《こ》してからも、しばらくは連絡《れんらく》を取り合った。恋《こい》と呼ぶには幼すぎる思いではあったが、梨乃は太一を好きだと感じていたし、新しい土地になじめずにいたので、太一の励《はげ》ましに助けられた。

けれど物理的に距離《きょり》ができてから、太一が自分に向ける感情が、同情なのではないかと、そんな風に思うようになってしまった。

中学二年の秋に、梨乃は太一に最後のメールをした。「ごめんね」と。その時、初めて太一の家を訪《おとず》れた時に、「ごめんな」と言われたことが、ふいによみがえった。

太一と付き合って、そして別れたことを、愛希菜は知っていた。別れたと告げた時、寂《さび》しくないの？　と愛希菜は聞いてきた。

寂しくないと言ったら嘘《うそ》になる。でも、少し苦しくなくなった。そのことを口にはできなかったけれど。

太一の消息を告げる愛希菜のメールからは、感情が読めない。

着信音が鳴って、思考が途切《とぎ》れた。スマホを見ると、陶子からのラインだった。

地理の試験の範囲《はんい》、どこまでだっけ？

くすりと笑って、返信した。高校に入って最初の中間テストが間近に迫《せま》っていた。勉強をせねばと思った。なぜか陶子に救われた気になった。


定期試験の期間は、部活が中止になる。それでもロングトーンだけは続けるようにと指示が出ていた。梨乃は楽器を持ち帰り、家でも吹《ふ》いた。音もだいぶ安定して最初の頃《ころ》に比べれば長く吹けるようになったと思うが、ロングトーンをこれでもかというほど続けられる詩緒を思《おも》い浮《う》かべると、まだまだと落《お》ち込《こ》んでしまう。思いっきり吹いた方がいいと言われていたが、やはり母がいる時は、眉《まゆ》をひそめた顔が浮かんで、短めに切り上げることもあった。

最後の試験が終わり、数日ぶりに音楽室へと向かう。

「やっと部活ができる」

と、口にすると、陶子に笑われた。

「そんなに待ち遠しかったの？　梨乃、最近張り切ってる？」

「ちょっとね。っていうか、サックスの魅力《みりょく》、少しわかってきたかも」

「へえ？　詩緒先輩《せんぱい》、喜ぶんじゃない？」

「その詩緒先輩だよ。たまたま、吹《ふ》いてるの聴《き》いて。それが、チョーかっこよかった」

「そうだったんだ」

「ほら、コンクール曲って、サックスは、主旋律《しゅせんりつ》をたくさん吹くって感じじゃないでしょ。でも、クラシックじゃない曲なんだけど、初めて聴いた。主役の音としてのテナー」

その音色を思い出して、ほぅと小さく息を吐《は》くと、いつの間に来ていたのか、フルートの真彩《まあや》が、くふっと笑った。

「梨乃、ちょっと目がハートになってる」

中学時代、怪我《けが》のために吹奏楽部《すいそうがくぶ》を途中《とちゅう》で退部した真彩だが、三年まで部活を続けた生徒たちに負けていない。三年生の先輩からは、自分が引退した後は、ピッコロを掛《か》け持《も》ちでやるように言われているという。

それに比べると、梨乃はまだまだだった。いくら詩緒の音色に憧《あこが》れていても、それで上達できるわけではない。複雑なメロディーになると、指使いも覚束《おぼつか》ないありさまだ。

けれど詩緒はなかなかの褒《ほ》め上手だ。

「梨乃、筋《すじ》がいいよ」

などと言って笑顔を向ける。

とはいえ、それを真に受けるわけにはいかない。陶子たち経験者は、すでに先輩たちとともにコンクール曲を練習しているのだ。

今年、松山《まつやま》先生が選んだのは、保科洋《ほしなひろし》という人が作った「復興《ふっこう》」という曲だ。梨乃も楽譜《がくふ》はもらっていた。最初にタイトルを見た時に、どきっとした。東日本大震災《ひがしにほんだいしんさい》以降、やたら出回った言葉だ。だが、この曲が、最初に発表されたのは二〇一〇年で、震災とは関係ない。

ふと、遼はどう思ったろうか、という思いが頭をかすめた。でも、陶子の話では、高校ばかりか中学校のコンクールでも演奏されることがあるというから、すでに知っている曲だったのかもしれない。

コンクールでけっこう使われると聞いて、梨乃は、過去のコンクールの様子を収録したCDを借りて聴いてみた。重々《おもおも》しい曲調で、難しそうに感じた。楽譜を見ながらため息をつく。いつになったら、吹けるのだろう。今、梨乃にできるのは、教則本の練習曲がやっとというところだ。

それでも、詩緒の「黒いオルフェ」を聴いてから、サックスが好きになった。

家でも、つい、練習曲や「黒いオルフェ」の旋律《せんりつ》を口ずさんだりしていると、母に言われた。

「梨乃、この頃《ごろ》、楽しそうね」

母の唇《くちびる》はほころんでいる。笑っている、と思っていいのだろうか。楽しくてはだめ？と聞き返したくなる。もちろん、言葉は飲《の》み込《こ》んだ。

「小学校の時、中学に行ったら、吹奏楽部《すいそうがくぶ》に入りたいって言ってたの、覚えてない？」

「そうだったかしら？　貴樹は、昔から、卓球部《たっきゅうぶ》に入るって言ってたけど」

聞きたくはない言葉だった。梨乃の口にした言葉には、さほどの興味がないのだと、言われてしまったような気になる。そんなつもりはないことはわかっているのに、心がちくりと痛む。

五

購買部《こうばいぶ》でパンと牛乳を買ってから、梨乃《りの》が教室に戻《もど》る途中《とちゅう》、踊《おど》り場《ば》のところで、美湖《みこ》が笑顔《えがお》で男子生徒と話していた。白いシャツに紺色《こんいろ》のズボンの横顔は、遼《りょう》だった。

いつだったか、「紹介《しょうかい》して」と言っていた美湖だが、そんな必要などなかったようだ。二人のそばを通り過ぎる時、遼と目が合った。ほんの一瞬《いっしゅん》、遼は表情を緩《ゆる》めたが、梨乃は気づかぬふりをした。

背中で二人の笑い声を聞いた。結局、美湖の美貌《びぼう》は、男子として、無視できないのかという考えがよぎるが、すぐに、自分には関係ないことだと思い直す。

教室に入り、自分の席に戻ると、弁当を食べずに待っていてくれた陶子《とうこ》に聞かれた。

「どうかしたの？　ぼんやりして」

「あ、別に。横手《よこて》さんと、紺野《こんの》君が踊り場でしゃべってた」

「へぇ？　紺野君、けっこうもてるね」

「そうなの？」

「崎山《さきやま》さんも、興味ありそうだし」

帆波《ほなみ》が？　自信に満ちた長身の姿が浮《う》かぶ。小柄《こがら》な遼とだと、背の高さが変わらないかもしれない。

「ええ？　あの訛《なま》りがいいの？」

言葉に少しだけ揶揄《やゆ》するようなニュアンスを乗せてみる。すぐに自己嫌悪《じこけんお》に陥《おちい》ったが、陶子は屈託《くったく》なく応じた。

「明るいし、冗談《じょうだん》も言うし、見た目も悪くないよ。それにほら、東北の人って、人がよさそうだし」

「それは、偏見《へんけん》だよ」

梨乃がかすかに眉《まゆ》を寄せると、陶子がくすりと笑った。

「待ってよ、梨乃。褒《ほ》め言葉なのにおかしくない？　ふつう、買いかぶり、とかでしょ」

「まあ、そうだけどね」

でも、梨乃としては、文字通り、偏《かたよ》った見方なのだと言いたかった。東北出身なのにそんな風に思うのは、自分がひねくれているからだろうか。

近寄るまいとすると、かえって遼のことが視野に入ってくる。遼は、いつも笑顔《えがお》でいるし、けっこうひょうきんなところがあって、部活の休憩《きゅうけい》時間になど、わざと変な音を出したりして笑われている。なんであんな風に明るいのだろうと、どうしても首を傾《かし》げたくなる。あの地震《じしん》でひどい目に遭《あ》ったのに。付き合っている相手が、福島県に住んでいるのに。梨乃の遼を見る目は、つい険しくなってしまうのだった。

そんな態度が相手にも伝わってしまったのか、ある時、梨乃は帆波に言われてしまった。

「岩井《いわい》さん、紺野のこと、嫌《きら》いなの?」

「どうして? 好きも嫌いも、ないでしょ。パートもクラスも違《ちが》うもの。よく知らない」

「けど、同期でしょ。っていうか、紺野が気にしてた。おれ、岩井さんに、何か気に触《さわ》るようなこと、言ったかな、って」

「そんなこと、何もないよ」

「ならいいけど。っていうか。避《さ》けてるみたいに見えたから」

「あの、もしかして、崎山さん、紺野君のこと……」

「あ、ひょっとして誤解された? 違うよ。あたし、横手美湖に頼《たの》まれて……」

「横手さん? うちのクラスの?」

「そう。小学校一緒《いっしょ》だったの。家が近くて、幼なじみっていうか。でも、中学は別。うちが引《ひ》っ越《こ》しちゃったから。で、ここで再会したってわけ。美湖、なんか紺野に興味があるらしくて。さっきの紺野が気にしてたって話も、うっかり美湖にしちゃったら、気になったみたいで」

好きも嫌《きら》いもない、というのは間違《まちが》いではない。けれども、避《さ》けていたのは事実だ。なぜなら、遼は被災者《ひさいしゃ》だから。梨乃自身がそうであることを思い出させる存在だから。

「横手さんが、紺野君を？」

でも、遼は、遠距離恋愛中《えんきょりれんあいちゅう》だ。そのことを、美湖はもちろん、帆波も知らないようだ。いっそのこと、そう伝えた方が親切なのかもしれない。いや、やはりよけいなお世話というものだろう。

「なんというか、境遇《きょうぐう》にひかれたのかなって。やさしい子というか、やさしく振《ふ》る舞《ま》うことが好きなんだよね」

帆波の言葉には、少し棘《とげ》があって、梨乃は、部活初日に、高校から始めるなんて勇気がある、と言われたことを思い出した。根は悪くないことはわかっている。勝ち気な帆波の物言いには、辛辣《しんらつ》なところがあることにも、今はだいぶ慣れた。それに、この時ばかりは、「や思いながらも。

さしく振る舞うことが好き」という言葉に同意したくなった。そんな自分を、意地が悪いと思う。その一方で、伴《ともな》わない技術がもどかしい。そんな梨乃に、

梨乃はサックスを吹《ふ》くのが、だんだん楽しくなってきた。吹奏楽部《すいそうがくぶ》に入ってよかったと思う。その一方で、伴《ともな》わない技術がもどかしい。そんな梨乃に、

「梨乃、音が安定してきたね」

などと詩緒《しお》は言う。励《はげ》まそうとしているのだと思うと、ありがたさ半分、悔《くや》しさ半分だった。

中学の時にやっていれば、というのは思ってもどうしようもないことだけれど。

それでも、コンクール曲の「復興《ふっこう》」を練習するようにという詩緒の指示は嬉《うれ》しかった。

「わたしも、出られるんですか？」

「当たり前だよ。一年生もみんな出る。戸川《とがわ》がファーストで、梨乃はセカンドのアルト。しっかり戸川と合わせてね」

「今年は、無理なのかと思ってました」

「もっと自信を持って。ペットの長尾《ながお》君は、最初から、出る気満々《まんまん》だったらしいよ」

純平《じゅんぺい》は、中学では陸上部だったという。ところが、二年生の春と夏に二度の怪我《けが》で退部し

た後は、ふぬけになって帰宅部を通したと話していた。ところが、受験の年、従姉《いとこ》が通う高校の文化祭でマーチングバンドを見て、そのかっこよさ、特にトランペットに心を奪《うば》われたのだそうだ。純平は、のめり込《こ》みやすいと自分でも言うとおり、今はトランペットに熱中している。

「中学からやってたヤツらに、負けてらんねえ。そうだろ?」

いつだったか、そう同意を求められて、反応《はんのう》に困ったことがあった。頷《うなず》くわけにも、否定するわけにもいかない。それで、

「わたしは、詩緒先輩《せんぱい》みたいな音、出したい、かな」

と答えた。あの時は、フルートの真彩《まあや》が頷いてくれた。でもたぶん、だれも、あの「黒いオルフェ」を知らない。

梨乃が初めて全体練習に参加したのは、中間試験が終わって、一週間ほどたった頃《ころ》だった。一年でも経験者はすでに参加しているので、梨乃にすれば、ようやく同じ場所にたどりついたというところだ。

基準の音に合わせて音が重なっていく。少しずつ楽器が加わり、最後は厚みのある音が響《ひび》

き渡《わた》った。その時、梨乃は、急にめまいに襲《おそ》われた。口からマウスピースを外し、手で顔を覆《おお》う。だらりと楽器が下がり、ストラップを通して首に重みがかかる。視界が真っ暗になり、耳障《みみざわ》りな音が頭に響《ひび》く。

「梨乃？」

隣《となり》に座《すわ》っていた詩緒の声が届く。同時に目の前が黒からダークなペイズリー柄《がら》になり、そのもぞもぞした模様が左右に押《お》し開《ひら》かれ、少しずつ視界が明るくなる。部員たちの目が、すべて梨乃に向いていた。指揮台に立つ松山《まつやま》先生が、いぶかしげに眉《まゆ》を寄せている。

梨乃は、詩緒をちらっと見てから、先生に向かって言った。

「すみません、大丈夫《だいじょうぶ》です」

「顔色、悪いけど」

詩緒がまた小声で言い、梨乃は平気だという風に、小さく笑う。

「じゃあ、再開」

梨乃はしっかりと楽器を持った。

また音が鳴り始め、重なって太くなる。音が大きくなるにつれ、動悸《どうき》がしたが、音を出すことに集中した。

やがて、曲の練習に入ると、いつの間にか動悸《どうき》も治まった。

全体での合奏は楽しかった。コンクールの曲演奏では、まだまだ、ばらばらとした印象は否《いな》めないと、初心者の梨乃でさえ感じたが、二十人以上が奏《かな》でる音で一つの世界を作っていくことに、気持ちが高鳴る。なんともいえない高揚感《こうようかん》に満たされる。

その後も、チューニングの時間は、息苦しくなることがたまにあった。無論、めまいや貧血《ひんけつ》を起こすようなことはなかったが。ふと、音が重なっていく時に、黒い水の固まりがおしよせてくる光景が浮《う》かぶ。水が固まるのは凍《こお》りついた時だけだ。でもあの日、だれかがそれを壁《かべ》のようだと語った。直接自分が水にさらわれたわけでもないのに、いったいだれの記憶《きおく》なのだろうか。避難所《ひなんじょ》で聞いた、九死に一生を得た人や、目の前で身内がさらわれた人の体験を、疑似《ぎじ》体験として身体《からだ》に取《と》り込《こ》んでしまったかのように、得体の知れない何かに飲み込まれたり、足下《あしもと》が崩《くず》れていく夢を、やたらに見た時期があったことを思い出す。

一ヵ月ぶりに、愛希菜《あきな》からメールが来た。長いメールだった。

――梨乃、サックスがんばってる？

なんだかいつもこっちからメールしてるみたいで寂《さび》しいよ。
あたしは、卓球部《たっきゅうぶ》、がんばってるよ。けっこう有望なんだよ。たぶん、秋の新人戦が、デビュー戦になりそう。ダブルスのパートナーは、名前が里央《りお》っていうの。それが、時々《ときどき》リノに聞こえて、そのたびに、梨乃の顔が浮かぶよ。

そこまで読んで、梨乃はかすかに微笑《ほほえ》む。愛希菜は小柄《こがら》だけれど、瞬発力《しゅんぱつりょく》があって、運動センスがよかった。それにけっこう負けん気が強いから、運動部では活躍《かつやく》するだろう。その愛希菜も、中学では部活を断念した。入学時は避難所暮らしで余裕がなかったし、その後移り住んだ仮設住宅も、高台の新しい家も、学校から遠く、通学に時間がかかることが大きかったようだ。

故郷の中学には、家族も家も無事だった生徒もいた。被害《ひがい》の大きかった生徒とそうでなかった者が、互《たが》いにどう接したらいいものかと戸惑《とまど》い、だれにとっても教室は気の休まる場所ではなかった。梨乃が埼玉に越《こ》した後も、そのぎくしゃくとした雰囲気《ふんいき》は続いていたようで、愛希菜からは「お互い気を遣《つか》いすぎて、疲《つか》れる」と愚痴《ぐち》めいた言葉がこぼれることもあった。けれど、その頃《ころ》は、梨乃には愛希菜の言葉を受け止めるだけの余裕《よゆう》がなかった。

海沿いの地域に暮らす人びとのほとんどが、だれかしら、身内を亡《な》くしている。愛希菜は大叔母《おおおば》を亡くした。愛希菜の大叔母は、まだ六十代だったらしい。それでも、大叔母は兄よりも遠い存在だ。梨乃の兄はまだ十四歳《さい》だった。そんなことをつい思っては、首を横に振《ふ》る。比べてみたところで、なんの意味もないのに。

ふと、故郷の風景が目に浮《う》かんだ。なぜか、色がなかった。大好きだった青い海を、もう好きだなんて思えないから、だから、海も街も、色を失ったのだろうか。

目だけで追っていた文字が、頭に入ってなかったことに気づいて、梨乃は画面をスクロールして戻《もど》す。

——太一先輩《たいちせんぱい》とは、よく梨乃の話をしたよ。それから、貴樹《たかき》さんのことも。あたしは貴樹さんのことをよく知らなかったけれど、先輩は、梨乃と似ているところがあると言ってる。どういうところが？　と聞くと、あれこれ考《かんが》え込《こ》んでしまうところが似てるって。

そう聞いた時、たぶん愛希菜は笑ったはずだ。かつて、「もう、梨乃ってば考え過ぎだよ」

と何度言われたことだろう。それは、小学生のたわいもない会話で、クリスマスに何をねだるかとか、買い物に行くのにだれを誘《さそ》うかとか、今となっては、どうでもいいようなことばかりなのだが。

――梨乃、どうしても言わなくちゃ。

あたし、太一先輩と、付き合うことにしました。

梨乃は、手を止めた。色をなくしていた故郷の風景が、ふいに鮮《あざ》やかな色彩《しきさい》を帯びた気がした。身体《からだ》が一瞬《いっしゅん》熱を帯びて、それから急速に冷えた。景色は再び色を失い、ゆっくりと遠ざかる。同時に自分の声がよみがえる。――なんで、海がこんなにきれいなの?

そう言いながら、泣いたのだ。太一の前で。

また、目をスマホの画面に落とす。

――言おうか、迷った。でも、嘘《うそ》をつきたくないし、先輩が、梨乃ならわかってくれるって、言ったから。

わかるもわからないもない。自分には関わりのないことではないか。それなのに、心がざわめく。

梨乃はすぐに返信した。明るい調子で、絵文字を入れながら。

——祝《しゅく》！　初カレ（笑）。

わたしが言わなくてもわかってると思うけど、太一は、いいヤツだよ。仲良くね！

辛《つら》くはなかった。悲しくもなかった。太一を慕《した》う気持ちは、時とともに薄《うす》れていったから。

それでもやはり、寂《さび》しくないといったらうそになる。

寂しさにもいろんな色があると、梨乃は思った。

六

明日から七月という日の朝、いつもより家を出るのが遅《おく》れて、梨乃《りの》は駅まで走った。梅雨《つゆ》のただ中で、雨こそ降っていなかったが、厚い雲が空を覆《おお》っていた。気温はさほど高くはないが、湿度《しつど》があって、駅に着いた時には、汗《あせ》ばんでいた。ホームに昇《のぼ》るとすぐに電車が来たので、慌《あわ》てて飛び乗った。いつもとは違《ちが》う場所で、よけいに混んでいると感じながら、そっとハンカチを出して額を拭《ぬぐ》う。

次の駅で、さらに人が乗《の》り込《こ》んできた。そして、その中に、知った顔があった。遼《りょう》だった。目が合って、遼がかすかに唇《くちびる》を緩《ゆる》めた。

「おはよう」

と言われて同じ言葉を返す。自分でもいやになるほど、硬《かた》い声だ。また、誤解されそうだと思ったが、遼の表情に変化はない。

「会ったの、初めてだね」

「慌《あわ》てて乗ったから。いつもと違《ちが》う場所」

「そうか。乗る場所が違ってたんだ」

北赤羽《きたあかばね》でまた人が乗ってきたために、少し押《お》された。遼と腕《うで》が触《ふ》れそうになって、息を吸《す》い込《こ》むようにして身を引く。他人だと思えばさほど気にならないことなのに、知った相手だとかえって意識してしまう。

遼は、さりげなく手を上に伸《の》ばしてつり革《かわ》をつかむ。輪を握《にぎ》る手が骨っぽくて、やはり女子の手とは違う、と思った。赤羽《あかばね》で人が入《い》れ替《か》わる隙《すき》に、遼が中の方に移動する。戸口でがんばるのも不自然だからと梨乃も場所を移した。

「池袋《いけぶくろ》は、みんな降りるから」

「そうだね」

当《あ》たり障《さわ》りのない会話。なのに気疲《きづか》れする。男子としては小柄《こがら》な遼だが、それでも梨乃よりは背が高いので、なんだか見下ろされているような気がして、落ち着かない。

「もうすぐ、期末だね」

また遼がぽつりと言う。

「そうだね」

「部活、休みたくないなあ」

「………」

「岩井《いわい》さんは、どう？　高校から始めて」

「まあまあ、かな。詩緒先輩《しおせんぱい》、うまいし」

「だよなあ。若宮《わかみや》さん、いちばん色気あるって評判だし」

遼の口にした言葉に眉《まゆ》が寄った。

「色気？」

「音に」

ああそうか、という風に梨乃は頷《うなず》く。

「緑野《みどりの》、コンクールではなかなか難しいけど、アンサンブルコンテストでは、たまにいい成績とることもあるらしい。おれも、中学ん時、出たけど。金管八重奏」

「八重奏？」

「けっこう人数多かったし」

「紺野《こんの》君は、福島で、吹奏楽部《すいそうがくぶ》に入ったの？」

なんでこんなことを聞いてしまったのだろうと、すぐに後悔《こうかい》したが、口にした言葉をひっこめることはできない。

「いや、こっちでだよ」

遼は屈託《くったく》なく応じた。それで、また問うことになった。

「中学、あっちでは行ってないの？」

「すぐ、こっち来たから」

「じゃあ、仮設とかに住んだりしてないんだ」

何を聞いているの、わたしは……。変に思われないかと、そっと遼の様子をうかがう。遼の視線は、車窓のむこうで、

「仮設住宅かあ。付き合ってる子が、住んでたことある」

と、淡々《たんたん》とした口調で告げる。

「……ああ、遠距離恋愛《えんきょりれんあい》してるんだって？」

「あれ？　ばれてる」

遼は少し照れたように笑った。恋愛ネタにシフトしたことに、幾分《いくぶん》ほっとしながらも、三年も離《はな》れているのに、よく続くね、と言ったら、意地が悪いと思われるだろうか、などと考えてみるが、さすがに口にはできずに黙《だま》り込《こ》む。

「あいつ、自分たちは、子どもなんて産めないって」

「えっ？」

梨乃は思わず言葉を飲んで、遼を見る。

「そう思《おも》い詰《つ》めたって。あん時」

唐突《とうとつ》に後頭部を殴《なぐ》られた気がした。

「だから、……結婚《けっこん》しようって。将来の話だけど」

「すごいね」

と言いながら、何をすごいと感じたのだろうと己《おのれ》に問う。十代半ばでの、遼の決断なのか。遼が、太一《たいち》に重なった。それほど好き？　同情はない？

「未来を奪《うば》われて、たまるかって、思った」

「それだけ、相手の人のことが好きなんだね」

口にした言葉には小さな棘《とげ》がある。でも、それを遼が感じることはないだろう。

「あいつに、あんなこと言わせたのが、許せないって……。だれに拳《こぶし》を振《ふ》り上《あ》げたらいいかもわからないけど」

「………」

「……放射能に、色があったらな」

「え？」

「なんてな。とにかく、おれたちは、意地でも、明るく人生を生き抜《ぬ》いてみせる」

だからいつも、遼は明るく振《ふ》る舞《ま》っているのだろうか。聞いてみたかった。まわりに亡《な》くなった人は、いるのかどうか。同時に、震災《しんさい》の話題にこれ以上踏《ふ》み込《こ》みたくはない気がした。

結局、避《さ》けたいという思いが勝って、あえてちらっと時計を見る。

「いつもより、一本遅《おそ》いんだ。電車、遅《おく》れないといいな」

「これ、よく遅れるもんな」

多少は降りる人がいても、池袋までは人が増える一方だった。やがて池袋に着いて、ごった返すホームに吐《は》き出《だ》される。

わざとらしく離《はな》れるわけにもいかずに、梨乃は遼と地下鉄に向かった。

地下鉄のホームに、美湖《みこ》が立っていた。美湖は、梨乃よりも先に遼を見つけたようで、晴れやかな笑顔《えがお》を向け、それから隣《となり》にいる梨乃を見て、一瞬《いっしゅん》表情を止める。

「おはよう、一本乗り遅れたら、偶然《ぐうぜん》会った」

とまず梨乃は言った。

「おはよう。岩井さんと、同じ線だったんだ」

「おれは、都民だけどな」

「東北出身の人に言われたくないよね」

と、美湖が梨乃に笑いかける。返した笑顔が少しひきつった。

「そりゃ、そうだよな」

遼は、梨乃と美湖とに等分に笑顔を振り向《ふむ》ける。それは、とても感じよくて、人受けがいいのもわかる気がした。でも、梨乃はあえて半歩下がる。二人で話してくれればいい。

電車が到着《とうちゃく》してそのまま乗り込む。

「吹奏楽部《すいそうがくぶ》、楽しそうだね。あたしも、チャレンジしてみればよかったかなあ」

という美湖だが、吹奏楽部に入りたいなどと口にしたことはないはずだ。先輩《せんぱい》に誘《さそ》われたバドミントン部はやめて、結局卓球部《たっきゅうぶ》に入った。愛希菜《あきな》と同じだ。そして、太一とも、兄とも。

駅に着くと、梨乃は、

「わたし、コンビニで買い物するから、走るね」

と断って、先に行った。

美湖が教室に入ってきたのは、梨乃よりもだいぶ遅《おそ》く、ぎりぎりの時間だった。

「仲良さそうに登校してたね」

妃津留《ひづる》の少しはずんだ声がして、梨乃はそっと戸口を振《ふ》り返《かえ》る。

「たまたま、一緒《いっしょ》になったの」

応じる美湖の声も、春に飛ぶ綿毛のように軽《かろ》やかだ。吹奏楽部《すいそうがくぶ》の何人かは、遼《りょう》が遠距離恋《えんきょりれん》愛中《あいちゅう》であることを知っている。もしも、美湖が知ったら、と考えかけて、すぐに自分には関係のないことだと思い直す。

二人の会話のラリーは、始業チャイムとともに終わった。


期末試験が終わると、コンクールの練習に向けて一気に加速する。そのため、全体練習の比重が大きくなる。パート練習はいいのだが、全体練習の時は未《いま》だに気後《きおく》れしてしまう。とりわけ、音合わせの時間が苦手だった。全員の前で一人ずつ吹《ふ》かされると、緊張《きんちょう》してパート練習のような伸びやかな音が出ないし、微妙《びみょう》な音程を調節できないで、人より時間がかかってしまう。

「慣れだよ」

と詩緒は言うのだが。

ある時、帆波《ほなみ》から、はっきり言われてしまった。

「梨乃、パート練習の時、チューナーに頼《たよ》りすぎてない？」

そんなはずはなかった。詩緒自身が、チューナーに頼らずに互《たが》いの音を聴《き》き合《あ》う、という考えだから、いつもは詩緒の音に、拓斗《たくと》や梨乃が合わせるのが、サックスパートのやり方だ。その時は、さほど合わせるのに苦労はしていない。それが、なぜか全体練習ではうまくいかないのだ。

その日の帰りに、梨乃は陶子《とうこ》に相談してみた。

「もう、帆波って、ほんときついよね」

「でも、チューナーには頼ってないけど、先輩《せんぱい》には頼ってるのかな。それに、帆波は、繊細《せんさい》な耳をしてるし」

陶子はくすっと笑った。

「梨乃は、公平だね。そういうとこ、好きだな。あたしは、時々《ときどき》感情的になっちゃうから」

そんなことはないと内心では思う。自分についても、陶子自身についても。演奏の途中《とちゅう》で、サックスのないパートの時、梨乃の耳は、ついクラリネットに向く。ファーストクラリネットになった陶子は、存分に期待に応えている。梨乃は、情感豊かな陶子の演奏が好きだ。けれど、陶子は感情の収め方はわかっている。むしろ、本当に感情的なのは、自分の方かもしれないとさえ思う。梨乃は、感情を収めているのではなく、押《お》し殺《ころ》しているのだ。

物静かで、落ち着いている——そんな今の梨乃への評価を、小学校時代の愛希菜ならば、目を丸くして笑うだろう。

「パート練習の時は、けっこうすぐに合うんだけど」

つい、言い訳めいたことを口にする。

「梨乃の場合、たぶん、気持ちの問題なんじゃないかな。あとから始めたって思いがあって、よけいに緊張《きんちょう》して力が入っちゃう」

さりげなく口にした陶子の言葉に、少し救われた気分になった。

「遅《おく》れをとっているのは、事実だし。詩緒先輩《せんぱい》に甘《あま》えてるとも思う」

詩緒は、間違《まちが》えても怒《おこ》らない。音楽は音学じゃないとも言われた。

「詩緒先輩の考え、あたしも好きだよ。吹奏楽《すいそうがく》のガクは楽しむ楽だって言ってたよね」

「うん。松山《まつやま》先生も、楽しくなくちゃ音楽じゃないって言ってるし、楽しむためにも、もっとがんばらないと。けど、何したらいいかな」

「そうだなあ。ロングトーンをしっかりやる。あと、鍵盤《けんばん》の音に合わせて、口でその音を出してみるとか。自分が吹《ふ》く旋律《せんりつ》、歌ってみるっていうの、中学でもやったよ」

「なるほど。まだある？」

「あとは、できるだけいろんな音楽、聴《き》いてみる。楽しみながらね」

「じゃあ、夏休みは音楽漬《づ》け！」

梨乃はできるだけ明るい声で言った。


電車の中で、肩《かた》を叩《たた》かれて振《ふ》り返《かえ》る。赤羽駅《あかばね》を過ぎたところで、目の前に遼の笑顔《えがお》があった。梨乃は、耳からイヤホンを外した。

「……ごめん、何度か呼んだんだけど」

「あ、音楽、聴いてたから。音量、下げてたつもりだけど、漏《も》れてた？」

「大丈夫《だいじょうぶ》だと思うよ。集中してたんだな」

「…………」

「前に、岩井さんに会ってから、空《す》いてる場所、探してたんだ。ここ、定位置？」

「あ、ううん。決まってるわけじゃないけど」

本当はいつもこの場所に乗っているが、あえて告げなかった。

「何聴《き》いてるの？」

「吹奏楽《すいそうがく》コンクールのＣＤ」

「へえ？　熱心だね」

「だって、遅《おく》れをとってるから」

「すぐに関係なくなるよ。純平《じゅんぺい》なんか、ぜったい抜《ぬ》かしてやるって」

「長尾《ながお》君は、集中力、はんぱないものね」

しばらく、同期の噂話《うわさばなし》をしているうちに、池袋に着いて地下鉄に乗り換《のか》えた。遼は、中学で吹奏楽部《すいそうがくぶ》に入部した時は、トランペット希望だったと語った。ところが、希望者が多くてトロンボーンにまわったが、今は、それでよかったと思っているという。

「中学ん時の仲間から、トロン坊《ぼう》やって、呼ばれたことあってさ。ひでえだろ。まあ、おれ、チビだったし。これでも、中三からずいぶん伸《の》びたんだ。二年ぐらいまで、トロンボーンが紺野を連れて歩いてる、とか言われて。トランペットだったら、そんなこと言われなかっただろうな。あ、でもペット扱《あつか》いされたりして」

わざとらしくしかめた遼の顔を見て、梨乃はくすりと笑った。

「わたしも、最初はクラリネット、やりたかったんだよね」

ふと、そんな言葉が口をついた。陶子にも話してないことだったのに。

「けど、サックスに取り憑《つ》かれた？」

「まだ、そこまではいってないかな。でも、始めた頃《ころ》よりはずっと好き。もっといい音出したい」

「岩井さんの音色、悪くないと思うよ」

「ぜんぜん。詩緒先輩《せんぱい》に比べたら」

「ああ、若宮さんは、色気、あるよなあ」

「色気？」

「だから。音が、だよ」

遼は少し慌《あわ》てて言った。梨乃の口元が緩《ゆる》む。この会話、二度目だと思っておかしくなったのだ。

こんな風にふつうに話せるなら、あえて避《さ》けることはないかもしれない。

この日は、ほかのクラスメイトに出くわすこともなく、そのまま話しながら学校の最寄《もよ》り駅に着いた。

「先、行ってね。たぶん、歩幅《ほはば》、違《ちが》うから」

「あ、うん。けど、おれ、足短いし」

そう頭をかいたけれど、やはりもともとの速度が違うようで、遼との距離《きょり》は、すぐに開いていった。少し先を歩く同級生を見つけた遼は、軽《かろ》やかに走り寄ると、わざとらしく相手の膝裏《ひざうら》にバッグをぶつける。二人の男子生徒は、じゃれるようにもつれながら、歩いていった。


昼食後、梨乃が陶子とおしゃべりしていると、遠慮《えんりょ》がちに声がかかる。

「お話し中に悪いけど、岩井さん、ちょっといいかな」

すぐそばに、美湖が立っていた。

「何?」

「ちょっと、聞きたいっていうか、相談っていうか……」

梨乃は、陶子に微笑《ほほえ》みかけてから、美湖に続いて教室を出た。

美湖が向かったのは、中庭の丸い花壇《かだん》だった。この日は雨はあがっていたが、昨日までに降った雨で、石を積み上げた花壇の囲いは少し濡《ぬ》れていた。

「座《すわ》れないね」

「あ、うん。でも、大丈夫《だいじょうぶ》。で、聞きたいことって?」

「今日、地下鉄で、紺野君と一緒《いっしょ》だったよね」

「たまたま、同じ電車に乗り合わせたから」

「ホームで見たんだ」

「声かけてくれればよかったのに」

「なんか、かけづらくて」

「えっ？」

「わたし、紺野君に言われちゃった。被災者《ひさいしゃ》が珍《めずら》しいの？　って」

声をかけづらかったのは、自分と遼が部活の話に熱中していたせいかと思ってしまったが、的はずれだったようだ。

それにしても……。

「ほんとに、紺野君が？」

いつも明朗な遼が、そんなことを言うとは。遼は、美湖に同情から興味を持たれたと、そう思ったのだろうか。

「笑いながらだけど、ショックだった。そんなつもりなかったし、ただ、力になりたいって……」

その言葉を聞いて、一瞬《いっしゅん》、ざわっと鳥肌《とりはだ》が立った。

「たぶん、だけど。たぶん、紺野君は、そういうこととは関係なしに、この学校の吹部《すいぶ》で、がんばりたいって思ってるんじゃないかな」

そうか。梨乃はその時、あえて最初に被災者《ひさいしゃ》だと表明した遼の気持ちが、少しだけわかったような気がした。

「やっぱり、同じ吹奏楽部《すいそうがくぶ》だから、わたしより岩井さんの方が、彼《かれ》のこと、わかってるってことなのかな」

「それは、わからないけど。わたしは、横手《よこて》さんみたいに、やさしくないだけかも」

「岩井さん、紺野君のこと、どう思ってるの？」

「……どうって、どうも思わないっていうか、それ、まさか男子としてってこと？」

「ほかに何があるの」

美湖は梨乃を正面から見つめた。くっきりとした二重《ふたえ》に長い睫《まつげ》。こんな風に見つめられたら、たいていの男の人は気持ちがぐらつくかもしれない。

「紺野君には……吹部では、知ってる子もいるんだけど、福島に恋人《こいびと》がいるんだよ」

「本当？」

「将来、結婚《けっこん》するつもりだって、わたしは、本人から聞いたから」

「……そうなんだ」

美湖は眉《まゆ》を寄せて唇《くちびる》をかんだ。

「紺野君が言ったことは、横手さんも、あまり気にしなくていいと思うよ」

梨乃は、美湖に笑いかけると、背を向けて歩き出す。

すぐに口に苦さが広がる。わざわざ告げることでもないのに。――なんかわたし、性格悪いかも……。

美湖は、どこか紅実《くみ》と重なる。しかしそれは、美湖には関係のないことではないか。

美湖が本気で遼に恋《こい》をしていたのかは疑わしいが、あんなにきれいでやさしい子なのだから、男子に拒絶《きょぜつ》されるようなことなど、経験がなかったかもしれない。

遼とは、その翌日も電車で会った。今度は、昨日《きのう》会った車輌《しゃりょう》を選んで、遼は乗ってきたのだ。

「おはよう」

と、笑顔《えがお》を向けられて、同じ言葉を返す。

「ここ、ちょっと空《す》いてるね」

「どうかな。ましって程度じゃない?」

「こんなの、あっちでは想像できねえだろうなあ」

あっちとは故郷であり、想像できないのは、付き合っている人が、ということだろうか。

「紺野君、横手さんに、けっこうきついこと言ったみたいだね。気にしてたよ」

「あれ? 仲いいの?」

「そうじゃないけど。でも、よけいなことかと思ったけど、紺野君に、カノジョがいるって話しちゃったから」

「それは、いいけど。隠《かく》してないし」

「紺野君、もてもてだね」

「やめてくれよ。どうせ本気じゃないから。自分をやさしく思いたいヤツ、たくさんいたし」

「またきついこと言ってる」

「ふつうだろ。それよか、よかった」

「よかったって?」

「おれ、最初の頃《ころ》、調子こいて、なんか無礼を働いた、とかで、岩井さんに嫌《きら》われちゃったのかなって、さ」

無礼、という言葉遣《ことばづか》いがおかしくて、思わず笑《え》みがこぼれた。

「そんなことないけど」

「横手さんに、悪気はないってことは、わかってる。けど、おれに同情するくらいなら、原発のこととか、もっと関心持ってほしい」

「……そっか。そうだよね」

言いながらちくりと心が痛んだ。何を傍観者《ぼうかんしゃ》みたいなふりをしているのだろう。

「ぜんぜん、終わってないのに」

ぽつりと口にしたつぶやきに、梨乃は心の中で頷《うなず》く。

「……家、戻《もど》ったこと、あるの?」

「一度ね。今年も、コンクール終わったら、親父《おやじ》と行ってこようと思ってる」

「カノジョに会いにでしょ?」

「今、地元にはいないんだ」

「……そっか。住めなくなったんだね、カノジョの方も」

「会津《あいづ》にいるから、郡山《こおりやま》で会う」

「電話とか、するの？　それとも、もっぱらライン？」

「それは、しょっちゅう」

悪びれずに遼は笑った。

「たまに、電話で話すよ。声聞きたいし、あと、スカイプとか」

遼は、ポケットを探《さぐ》るとスマホを取り出し、何度かタップした後で、梨乃に画面を向けた。

そこには、セーラー服を着たポニーテールの少女が笑っていた。

「佑香《ゆうか》。渡辺《わたなべ》佑香。いい名前だろ」

「のろけてる？」

遼は照れくさそうに笑った。

「六年の時のバレンタインでチョコもらって。けど、お返しどころじゃなくてさ。卒業式の後で、つきあおうって、言った」

バレンタインという言葉を聞いて、胸がちくりと痛んだものの、こんな風に話しているのは、それなりに楽しくはあった。それでも結局、梨乃はさらに一本、電車を早め、乗る場所も変えた。話題がそのことでなくても、遼といると、どうしても震災《しんさい》のことがよみがえってしまうのだ。

四十回目の十一日、やはり母は具合《ぐあい》が悪そうだった。

夕食の後片付けを終えた梨乃は、思い切って切り出した。

「母さん、夏休みに仙台《せんだい》の伯父《おじ》さんのとこ、行かない?」

よりによって、月命日のこの日に、との思いが頭をかすめたが、この日だからこそ、と自分に言い聞かせた。母は、はっとしたように顔を上げた。母の兄で、四歳《さい》上の伯父は、仙台の大学に勤めていた。母と伯父の両親――梨乃の祖父母は、祖父が定年になったのを機に東京から山形の実家に戻《もど》った。梨乃も幼い頃《ころ》に、二、三度行ったことがあるが、数年前に祖父母が相次いで亡《な》くなってからは、山形との縁《えん》も切れた。今の梨乃にとって、この仙台の伯父が、いちばん親しみを感じる親戚《しんせき》だった。

「なんでまた、急に?」

「あっちのこと、気にならないの?　ずっと暮らしたところなのに」

「わたしは……」

母は、少し顔をゆがめて首を横に振《ふ》った。梨乃は小さく息を吐《は》く。それから、できるだけ静かな口調で言った。

「じゃあ、わたし、一人で行ってくる」

仙台で暮らしている伯父《おじ》の家からなら、故郷までは一時間もかからない。梨乃は、そこから愛希菜の家に行こうと思った。そして、ちゃんと会って、祝福したい。愛希菜と太一が恋《こい》人《びと》同士になったことを。笑顔《えがお》で、よかったね、と言いたい。


夏休みに入ると、コンクールが迫《せま》っていたため、毎日のように部活が行われた。練習のない日の前日は、家に楽器を持ち帰った。早朝、荒川《あらかわ》の河原で吹《ふ》いたこともあった。ロングトーンを続けていて、犬に吠《ほ》えたてられたことがある。が、初老の飼い主の女性からは、がんばってね、と笑顔を向けられた。そんなささやかなことが、嬉《うれ》しかった。

故郷の街の川とは違《ちが》うけれど、やはり自分は川が好きなのだと思う。小さな木の葉になって川を下ることを夢想した幼い頃《ころ》を懐《なつ》かしむ。あの頃は、兄がいた。

土手に立って、対岸に目をやる。ここが県境だから、川のむこうは東京で、向き合ったその街のどこかに遼が住んでいるのだ。

七

コンクールの日が訪《おとず》れた。

緑野学園《みどりのがくえん》がエントリーしたのは、BⅡ組というグループで、優秀《ゆうしゅう》な成績を収めれば、東日本大会に駒《こま》を進めることができる。しかしそれは、部員たちにとっては、

「いくらなんでも高望みってもんでしょう」

ということになるようだ。去年は少人数編成のC組に出場して銅賞だったという。

ただ、顧問《こもん》の松山《まつやま》先生は、去年よりはだいぶレベルが上がったと言っている。そして、とりわけ、一年のがんばりが大きい、との評価だ。中でも帆波《ほなみ》と陶子《とうこ》は、上級生に引けを取らないと認められていた。帆波の入部で弦《げん》バスが増えたことは、音に厚みを加えたし、主旋律《しゅせんりつ》を奏《かな》でることが多いファーストクラに陶子が加わったのも、上級生たちにとって、いい刺激《しげき》となっている。もっとも、口の悪い三年生は、いちばん変わったのは先生だと笑った。

コンクールの会場は多摩《たま》地区にある文化施設《しせつ》で、六日間に渡《わた》り、二つのホールで同時に行

われ、三百校近くが出場する。

東日本大会を目指して競《きそ》うBⅡは、二日間かけて行われ、緑野は初日の午前だった。

「自由曲だけっての、ちょっと寂《さび》しいな」

陶子がつぶやくと、帆波が応じた。

「そうだよね。中学では、課題曲もやったから」

「それは、A組だったからだろ。おれは、中学でもB組だったからなあ。一曲集中でいいんじゃねえ？」

と、遼《りょう》が笑ったが、梨乃《りの》も、自由曲だけの方が気が楽だとずっと思っていた。

緑野高校は、この日の午前中に出場する十三校のうち、七番目だった。九時二十分から始まる開会式の後、一番目の出場校の演奏開始が九時三十分で、あとは十分刻みで学校が入《い》れ替《か》わる。緑野高校はちょうど十時からチューニング室で二十分弱のチューニングを行い、演奏は十時三十分からだった。チューニング終了《しゅうりょう》から演奏するまではほんの数分だったが、梨乃にはその時間がとても長く感じられた。

時間が近づいてくるにつれ、緊張《きんちょう》が増してくる。ふと気がつくと手をぐっと握《にぎ》りしめていた。手の腹に指の痕《あと》がつくほどに。

手を開いた時、背中をぽんと詩緒《しお》に叩《たた》かれた。

「楽しもう」

「あ、はい」

詩緒は、高校を卒業したら吹奏楽《すいそうがく》には一段落をつけると言っていた。この中で、将来もずっと楽器を続ける人はどれくらいいるのだろうか。学生時代にどれだけ励《はげ》んでも、それが職業につながるわけではない。今、ここで打ち込んでいることは、将来、どんな意味があるのだろう。

それでも、梨乃は、今ここにいられることが嬉《うれ》しかった。ずっと、被災者《ひさいしゃ》という「身分」を背負ってきた。中学では、その身分にやりたいことを妨《さまた》げられたのだから。

やっとここに来ることができたのだ。吹奏楽コンクールという場所に。

やがて緑野の演奏時間となった。

「さあ行こう。みんな楽しんで。楽しくなきゃ、音楽じゃないよ」

という松山先生の言葉を合図《あいず》に、舞台《ぶたい》へ移動し、譜面台《ふめんだい》に楽譜《がくふ》をしっかり置いて、椅子《いす》に座《すわ》る。

すぐに、学校名や曲名を告げるアナウンスが響《ひび》いた。

「……曲は、保科洋《ほしなひろし》作曲『復興《ふっこう》』です」

震《ふる》えそうになる手を強く握《にぎ》り、ぱっと離《はな》す。いったん息を吐《は》ききってから深く吸《す》い込《こ》む。

松山先生が、一渡《ひとわた》りメンバーを見回して、にっこりと微笑《ほほえ》んだ。それから、ゆっくりと指揮棒を上げ、一気に振《ふ》り下《お》ろす。

大太鼓《おおだいこ》の静かな連打と、重々《おもおも》しくうねるようなクラリネットの響《ひび》き。徐々《じょじょ》に、多くの楽器が重なっていくが、金管楽器はまだミュートをつけている。

音を出さない箇所《かしょ》でマウスピースを口から離した時、梨乃は、いつの間にか吹《ふ》くことに夢中になっていたことに気づいた。意外なほど、緊張《きんちょう》はなかった。

曲の中ほどに、アルトサックスが目立つところがある。短いフレーズで、吹くのは拓斗《たくと》だが、梨乃はじっとその音色に耳をすませた。ほどなく、重々しかった曲調が変化して、どこか夜明けを感じさせるような明るい響きが広がる。クラリネットが細かなリズムを刻む中、中低音の楽器たちが大らかに歌う。梨乃の耳が、トロンボーンの音をとらえた。一瞬《いっしゅん》、遼は今、どんな思いで吹いているのだろう、という思いがよぎったが、すぐに自分が奏《かな》でることに意識を集中する。いよいよラストだ。

胸が高鳴る。ああ、これが本当の「復興」なんだ、と思った時、涙《なみだ》がにじみそうになった。入部してからの日々。それぞれの場面がスライドショーのように浮《う》かんでは消える。いつの間にか、客席の顔が後ろに退いて、ただ、音だけを感じる。今、わたしたちは、二十四人で、一つの世界を作っている……。

演奏が終わった。終わってみれば、あっという間だった。

また目が潤《うる》んできて、梨乃は瞬《まばた》きを繰《く》り返《かえ》した。

楽器のかたづけなどもすべて終えた後で、梨乃たち一年生は、連れだって建物の外に出た。ホールの中も人が多いが、ホール前の広場も、各校の生徒たちが少しずつ固まって、打ち合わせたり、おしゃべりしたりしていた。

「トイレに行ってくるね」

と、陶子が言うと、何人かの生徒が、あたしも、という風にホールの中に入っていった。

振《ふ》り仰《あお》ぐと、青い空が広がっていた。思わず腕《うで》を伸《の》ばしたくなったが我慢《がまん》して、その代わりに思い切り深呼吸をした。その時、

「紺野《こんの》じゃん」

という声がして、梨乃は振《ふ》り返《かえ》った。二、三メートル離《はな》れたところに、遼が立っていた。

「なんだ、沢田《さわだ》、吹奏楽《すいそうがく》、続けてたんだ」

笑顔《えがお》で近づいてくるグレーのスカートをはいた女子生徒に、遼が言葉を返す。どうやら、中学時代の知り合いのようだ。

「当たり前じゃん。そのつもりで高校選んでるもん」

二人は、かつての同級生の噂話《うわさばなし》を始めた。梨乃が、どこの高校なのだろうか、と考えていると、

「千亜希《ちあき》、知り合い?」

と、別の声がした。その方をちらっと見たとたん、梨乃の表情が固まった。

——なんで?

梨乃は、とっさに顔を背《そむ》けた。どうか、相手が気づきませんように、と願いながら。

ところが……。

「梨乃!」

甲高《かんだか》い声が響《ひび》いた。

「…………」

声が出なかった。けれど、しかたがない。梨乃はゆっくりと、顔を向ける。

「まさか、梨乃、吹奏楽部に入ったとか？」

屈託《くったく》のない笑顔で梨乃を見つめていたのは、宮城から転校してきた戸田《とだ》市の中学で、最初に梨乃に声をかけた紅実《くみ》だった。

「……宮沢《みやざわ》さん、西高《にしこう》じゃなかったの？」

相手の問いに答えずに、梨乃は問い返した。

「やだなあ。落ちたの、知らなかった？」

「ごめんなさい。てっきり西高だと思ってた」

「試験の日、体調悪くて。でも、こっちの方が、吹奏楽やるには、かえってよかったよ。梨乃も東京の学校に通ってたんだね。それにしても、梨乃が吹奏楽部だなんて、びっくりだよ。楽器になんて興味ないかと思ってた。けどよかった。梨乃は大変な思いをしたから、元気そうで、あたしも嬉《うれ》しいよ」

「それにしても偶然《ぐうぜん》だね。紅実の知り合いとあたしの知り合いが、同じ部活なんて」

と千亜希と呼ばれた子が口を挟《はさ》んだ。

「そうだね。梨乃とは、中学で仲良しだったんだ。梨乃、震災《しんさい》で宮城から引《ひ》っ越《こ》してきて」

「えっ？」

遼の眉《まゆ》がいぶかしげに寄った。だが、その表情は長く続かなかった。陶子たちが戻《もど》ってきたのだ。屈託《くったく》のない表情で、純平《じゅんぺい》が、

「なんだ、遼、こんなところで、ナンパか？」

と笑いかける。

「ばか言うなよ」

「あ、そろそろ行かなきゃ。じゃあ、紺野、またね」

「おう、沢田もがんばれよ」

遼が軽く手を振《ふ》る。紅実が、梨乃に笑いかけたが、梨乃はとっさに陶子の陰《かげ》に隠《かく》れて、気づかぬふりをした。紅実たちが歩き去っていった後で、遼がちらっと梨乃を見た。梨乃は、それにも気がつかなかった風を装《よそお》った。

紅実が西高を受けると聞いたことが、志望校を変えた大きな理由の一つだったのに、まさか、こんなところで出会うとは。

遼には、はっきりと聞かれた。陶子たちにも、紅実の言葉は聞こえただろうか。いや、たぶん聞かれていないはずだ。

でも……。遼の怪訝《けげん》そうな顔を思《おも》い浮《う》かべて、唇《くちびる》をかむ。

それでも、紅実と出会ったのが、演奏の後でよかったとは思った。もしも、演奏前だったら、とても冷静にサックスを吹《ふ》くことなどできなかったかもしれない。

その日のすべての演奏が終わってから、結果が発表された。

緑野は、銀賞だった。銀賞でがっかりする学校もあるだろうが、緑野は違《ちが》った。

「ここ数年、ずっとどうでもいいでしょう、だったからなあ」

打楽器の三年生が感慨深《かんがいぶか》げに言った。

「わたしたちにとっては、初めての銀賞だものね」

詩緒も感極《かんきわ》まったような表情だった。

閉会式で、A組に出場した紅実たちの学校は金賞を得たものの、上位大会への出場は逃《のが》したことを知った。

その日は、学校へ戻《もど》って楽器をかたづけてから解散となった。梨乃は、急ぐからと陶子に断り、一人《ひとり》先に帰った。遼と一緒《いっしょ》になりたくはなかったのだ。

翌日は、コンクールの反省を行うことになっていた。そしてその翌日からは、旧盆《きゅうぼん》に当たるので、部活はしばらく休みになる。

梨乃が音楽室に行くと、ばったり遼に会ってしまった。

「昨日はお疲《つか》れ」

と、声をかけられて、梨乃も「お疲れ」と、同じ言葉を返した。自分の表情が硬《かた》いことを感じてしまい、声が少しかすれた。何か言われるかと思ったが、遼の笑顔《えがお》はふだんどおりで、ひょっとしたら、昨日のことは夢だったのではないかと考えたくなったが、そんなことはあるはずもない。幸い、遼はトランペットの二年生に声をかけられて、梨乃からは離《はな》れていった。

松山先生が、自分が顧問《こもん》になってから、いちばんのできだったと、そう語ったこともあって、だれもがまだ、昨日のコンクールの高揚《こうよう》をまとっている。梨乃とて、演奏直後には深い感慨《かんがい》に満たされた。けれども今は、自分だけが冷めた空気の中にいるような気がしていた。

その日は、基礎《きそ》練習をした後、部員全員が音楽室に集まり、反省会の後で、松山先生がケーキを振《ふ》る舞《ま》ってくれた。

部活が終わったのは午後四時過ぎで、一年全員が固まって学校を出た。高校から楽器を始めた純平のテンションがいちばん高く、池袋《いけぶくろ》に向かう地下鉄でも、一人でしゃべっていた。

「長尾《ながお》君、熱くなりすぎ」

と陶子が思い切り顔をしかめてから、こらえきれずに笑い出し、梨乃もつい笑《え》みをこぼす。その時、遼と一瞬《いっしゅん》、目が合った。遼もまた、おかしそうに笑っているので、幾分《いくぶん》、気が楽になった。

池袋で純平と別れ、陶子と遼の三人で埼京線《さいきょう》に乗った。たわいのない話をしているうちに、赤羽《あかばね》に着いて、陶子が降りた。それから遼が降りる浮間舟渡《うきまふなど》駅まで、二人は何もしゃべらなかった。どこか気まずい思いで、梨乃はじっと車窓から外を見ていた。

浮間舟渡駅に着いた時、遼がぼそっと言った。

「ちょっと、話したいんだけど」

梨乃は小さく頷《うなず》く。そして、一つ先の戸田公園《とだこうえん》駅で一緒《いっしょ》に降りた。高架《こうか》の改札を抜《ぬ》けて地上に降りる。

「調子狂《くる》うなあ、この天気」

遼は、空をにらみながらつぶやく。暑かった昨日と違《ちが》い、今日はどんよりとして気温も低めで、今にも雨が降り出しそうだった。梨乃が黙《だま》っていると、

「荒川《あらかわ》ってあっち？」

と、指さす。梨乃は小さく頷《うなず》いた。

「おれんちの方から、時々《ときどき》、見てる。対岸から、見てみたかったんだ」

梨乃は、黙《だま》って歩き始める。荒川に吸収される小さな川の橋を渡《わた》り、しばらく進むと、戸田公園が見えてきた。そこは、荒川の北側沿いに広がる東西に長い公園で、中にボート場がある。

「あれ、ボート場?」

「そう」

「競艇《きょうてい》やるとこ?」

「それは、もっと奥《おく》の方で、見えてるのは漕艇場《そうていじょう》。五十年前の東京オリンピックの時、ここでボート競技やったんだって」

「そうなんだ」

ぽつりぽつりと語りながら、公園の入り口を横目に見て、そのまま土手に向かう。

土手を行き来する人はほとんどなかった。

「ここ、来ることあるの?」

「時々。……川が、あった。わたしの故郷にも」

「ああ、おれの故郷にも、あったよ」

「………………」

「話してくれれば、よかったのに」

非難めいた響《ひび》きはまったくない。それでも、梨乃は過剰《かじょう》に感情が高ぶる。

「わたしは！　紺野君が、わからない」

「そっか。おれは、岩井《いわい》さんみたいに、きれいな標準語、しゃべれねえし」

「そういうことじゃないでしょ」

「嘘《うそ》は、つきたくない」

「わたしだって、嘘ついてるわけじゃない」

「昨日《きのう》会った子と、何かあったの？　沢田と一緒《いっしょ》にいた子」

「別に。いい子だよ。親切で、やさしくて」

「けど……」

「あの子は、転校してきた時、隣《となり》の席だったの。わたしは、話題にしてほしくなかったんだよ。だけど、どこから転校してきたか、知られてて、かわいそうな子になった」

「昨日も、いきなり言ったんで、ちょっとびっくりした」

「悪気がないのはわかってる。正直、助かったことも多かった。でも、なんだか、被災者《ひさいしゃ》という役を強《し》いられたみたいで、きつかった。わたし、うちのクラスの、横手《よこて》さん見ると、あの子を連想した」

「ああ、なるほどね」

遼は、小さく笑った。

「だから、高校は、中学の知り合いがいないところに行きたかった」

「おれは、差別されたよ。東京の中学で」

さらりと言われた言葉が、ずしんと胸に響《ひび》いた。思わず、目を見開いて相手を見つめる。

遼は福島出身だ。つまり、背負っているものが少し違《ちが》う。差別とは、おそらく放射能に関わることだろう。

「ひどいな」

「うん。ひどい。でも、ひどいことは、どこにでもある」

「達観してる」

「違《ちが》うよ。おれは、たぶん、岩井さんとは、逆にベクトルが働いただけで。この身をさらしてやるって、そう思ったから」

「攻撃的防御《こうげきてきぼうぎょ》」

「勇気あるなって思ってた」

「カラ勇気。って、そんな言い方、ないか。っていうか、攻撃的防御《こうげきてきぼうぎょ》」

遼はまた笑った。屈託《くったく》なく見せる軽《かろ》やかな笑顔《えがお》だ。

「でも、岩井さん。おれら、語れないことも、いくらでもある。そうだろ」

梨乃はすぐに答えなかった。けれど、遼の言うことはわかりすぎるほどよくわかる。たとえばこうして、似た立場《たちば》にあることを互《たが》いに納得《なっとく》したとしても。脳裏《のうり》に、告別式の日、兄の棺《ひつぎ》にすがりつく母の姿を浮《う》かべて、梨乃はゆっくりと首を縦《たて》に振《ふ》る。少し間を置いてから、声を絞《しぼ》り出《だ》した。

「一口に被災したっていっても、いろいろだよね。家族を何人も失って一人だけ残った人だっている。家を失ったけど、家族は無事だった人。道一本隔《へだ》てて、家もほとんどこわれなかった人」

こくんと頷《うなず》いてから、遼が言った。

「おれ、よけいなこと、言う気ねえし」

「……わかってる」

これからも、梨乃は、自分から東北で被災したことを口にしないだろう。でも、ほんの少しだけ自分はほっとしているのかもしれない。

それから少しの間、二人は黙ったまま川を見下ろしていたが、

「じゃあ、おれ、戻《もど》るから」

と、遼は二、三歩歩きかけた。しかしすぐに足を止めて、また梨乃を振《ふ》り向《む》いた。

「けど、もし、何か、話したくなったら……聞くから」

「うん」

「おれも、話したくなった時、聞いてもらえたら、いいかな」

遼は軽く手を上げて背を向けた。梨乃はただ小さく頷《うなず》いて、遼を見送った。


お盆《ぼん》明けに、部活が再開された。その直後に、西日本《にしにほん》で集中豪《ごう》雨があり、広島県や京都府などで、大きな被害《ひがい》が発生した。ニュース映像を見ていると、大震災《だいしんさい》の記憶《きおく》が呼び覚まされる。そのたびに、なぜ？　と問い続ける人が生まれる。なぜ早く逃《に》げなかったのか。なぜ我《わ》が家《や》が被害《ひがい》にあったのか。なぜ自分が……。

――放射能に、色があったらな……。

ぽつりと遼が口にした言葉が、よみがえる。

遼とは、あれから、何度か部活の帰りが一緒《いっしょ》になった。いつしか梨乃は、これまでずっと、頑《かたく》なに突《つ》っ張っていた己《おの》が身《み》のどこかが、緩《ゆる》んでいるのを感じた。同じ被災者《ひさいしゃ》だからと、そんなことで共感するなんて、決して望んでいるわけではないけれど。梨乃から震災《しんさい》の話をすることはない。けれども、時々《ときどき》目が合うその一瞬《いっしゅん》に、二人の間にだけ流れる空気があって、その空気に色を感じる。紺碧《こんぺき》の海をどこまでも薄《うす》く伸《の》ばしたような、あえかな色だ。

時には、遼の口から、福島の話が出ることもあった。構えてのことでなく、こぼれるように語られる。それは、思えば以前となんら変わらない遼の態度なのだけれど、もう梨乃は、背中をこわばらせて聞く必要はない。

同じ被災者でも、復興への望みという点では、遼の育った場所の方が薄い。そのことを考えると、梨乃の心の奥《おく》がしんとする。

八月の下旬に、梨乃は一人で、仙台市《せんだい》で暮らす伯父《おじ》の家に行った。伯父夫婦《ふうふ》には子どもがいないので、伯母《おば》も梨乃のことはかわいがってくれていた。滞在《たいざい》は三日間で、二日目に、愛《あ》希菜《きな》に会うつもりだった。

仙台駅の周辺は、すっかり復旧していた。さすがに、東北一の都会だと思った。そして、久しぶりの東北の山並《やまな》みは昔と変わらずにやさしい。それなのに、何かが違《ちが》う。違ってしまった。

着いた日の夕食時に、明日、故郷の街で愛希菜に会うと告げると、伯母《おば》が、

「そうなの？　明日は、梨乃ちゃんと、タピオにでも行こうと思ってたのに。プレミアム・アウトレットで買い物できたらいいなって」

と、残念そうに言った。

泉《いずみ》パークタウンタピオは、郊外《こうがい》のショッピングセンターで、道を挟《はさ》んで向かいに立つ泉プレミアム・アウトレットとは、橋梁《きょうりょう》で結ばれている。そういえば、小学生の頃《ころ》、何度か伯母に連れていってもらったことがあった。

「すみません。愛希菜の家に行くって約束したので」

翌日、昼前に、梨乃は一人で仙台駅に向かった。駅のホームに立つ。少し気持ちの高ぶりを感じた。これから、自分が生まれ育った街へと向かうのだ。埼玉に引っ越《こ》してからは、一度も訪《おとず》れていないから、三年ぶりということになる。

やがて列車がきしむようなブレーキ音を立てながら入線してきた。車輛《しゃりょう》の濃い青とブルーのラインを見たその瞬間《しゅんかん》、脱線した車体の映像がよみがえった。同時に足下《あしもと》がずりっと揺《ゆ》れ

たような気がして、立っていられなくなり、その場にしゃがみ込《こ》む。一瞬《いっしゅん》、目の裏に、青い海が見えたような気がした。それが、どす黒いものに変わり、すぐに何も見えなくなった。じんわりと視界が明るさを取《と》り戻《もど》すとすぐに、ドアが開いて、降りる人と乗る人が入《い》れ替《か》わる。せわしなく動く人びとの足が目に入る。だが、まだ立てなかった。ドアが閉まった時も、梨乃はホームにしゃがみ込んでいた。

列車が動き出してから、

「大丈夫《だいじょうぶ》ですか?」

と声をかけられた。見上げると、中年の女性の気遣《きづか》うような顔があった。

「大丈夫です」

そう答えて立ち上がったが、よろけてしまった。

「休んだ方が、いいわよ」

と、その人に、支えられて、ベンチに座《すわ》る。

「駅員さん、呼んでこようか?」

「いいえ、ただの、立ちくらみです。もう、大丈夫ですから」

何とか笑顔《えがお》を作ると、相手は、小さく頷《うなず》いて去っていった。立ちくらみは治っていたが、なぜか動悸《どうき》がして、指先がかすかに震《ふる》えていた。ここに座《すわ》ったまま休んで、次の列車に乗ればいいと思った。けれども、次の列車が来た時、梨乃の足は動かなかった。

明日にしてもらおう。早い時間に出かけて、そのまま埼玉に帰ることにしよう……。

梨乃は、愛希菜にメールした。体調がイマイチなので、明日に延期したい、と。

そのまま、伯父《おじ》の家に戻《もど》るのも気が引けて、バスに乗って青葉山公園に行った。仙台《せんだい》の町並《まちな》みを見下ろす。東北随一《ずいいち》の大都会は、こうして眺《なが》める限りは、すでに震災《しんさい》の爪痕《つめあと》は感じられなかった。

そろそろ戻ろうかと思った時、愛希菜から、メールが入った。

——梨乃、明日《あす》帰るんだよね。じゃあ、いっそ仙台で会う？　買い物もしたいし。

すぐに「了解」と返信した。何ヵ月か、仮設でも暮らした。被災地《ひさいち》を知らない自分ではない。それなのに、今日、行くことができなかった自分が情けなかったが、明日また、同じことになったら、と思うと不安だった。けれど、そこで暮らしている愛希菜に、梨乃の方から、行けないなんて、言えるわけがなかった。だから、愛希菜の申し出がありがたかった。

伯父たちには、急に青葉城に行きたくなったので、愛希菜とは明日会うことにしたと告げた。いぶかしく思ったろうが、二人とも、あえて何も言わなかった。

愛希菜と待ち合わせたのは、仙台駅の西口にある喫茶店《きっさてん》だった。

ペデストリアンデッキを歩きながら、約束の店へと向かう。今では全国各地に見られるようになったペデデッキは、便利ではあるが、駅前の風景が同じように感じられてしまう。埼玉県の大宮《おおみや》駅や川口《かわぐち》駅も、どこか似た雰囲気《ふんいき》があると、ぼんやりそんなことを考えながら、梨乃は歩いていった。

店に入ると、すでに愛希菜は来ていた。お茶を飲みながら、近況《きんきょう》を報告し合った後で、愛希菜が言った。

「梨乃、吹奏楽部《すいそうがくぶ》で、がんばったんだね」

先祖代々《せんぞだいだい》が、同じ土地に暮らしてきた愛希菜の言葉には、母の影響《えいきょう》でほぼ東京言葉を話してきた梨乃と違《ちが》って、その土地のイントネーションがある。それが懐《なつ》かしかった。

「希望の楽器じゃなかったんだけどね。でも、先輩《せんぱい》がすごくいい人で、だから、楽しいよ」

「よかったよね、ほんとに」

変わらぬ愛嬌《あいきょう》のある笑顔《えがお》にほっとする。そして、その笑顔を見て、やっぱり愛希菜は友だちだと思えた自分にもほっとする。

たぶん、太一《たいち》へのこだわりは、ない。太一のことを考えた時、なぜか、ふっと遼の顔が浮《う》かんだ。今頃《いまごろ》、どうしているだろうか。そういえば、福島の家を見に行くと言っていたはずだ。

ぼんやりと、そんなことを考えていると、怪訝《けげん》そうな顔を向けられた。

「梨乃、どうかした？　急に黙《だま》っちゃって」

「あ、ごめん。愛希菜が元気で、よかったなって」

取り繕《つくろ》うような言葉だが、本心ではあった。だからこそ、愛希菜の家に行けなかったことが後ろめたい。

「あたしは、元気だよ。でも、梨乃、高校で何かあったのかなって」

梨乃は、首を横に振《ふ》りながら、つぶやく。

「ごめん」

この「ごめん」を、愛希菜はどう感じるだろうか。けれど愛希菜は相変わらずの笑顔で、

「太一、梨乃に会いたがってた」

と、告げた。

「そう」

「一緒《いっしょ》でもよかった？」

「それは、やだ。ラブラブ見せつけられるのなんて」

あえて快活に笑う。

「そんなんじゃないよ。でも、どうしても伝えなきゃいけないから。あたしから話すね。太一、震災《しんさい》の話をね、するつもりなんだって。秋に行う地域のイベントで、子どもの立場《たちば》から、震災の体験を話すの。すごく迷ったみたいだけど。最初はどうかなって、思ったの。かえってつらくなるんじゃないかって。でも、貴樹《たかき》が……梨乃のお兄さんの、岩井貴樹という人が生きていたことを、忘れたくないって。それに、震災のことも、伝えていかないとって。応《おう》援《えん》したいって、思った」

愛希菜は、少し早口になって、一気にしゃべった。

「そうなんだ」

「……梨乃も、賛成してくれるよね」

すぐに返事ができなかった。反対のわけがない。でも、賛意を言葉にできない、一瞬《いっしゅん》のためらいがあった。やがて、口を開く。こじ開けるほどの力はいらなかったけれど。

「そんな風に思ってくれて、ありがとうって、そう伝えて。わたしだって、兄のこと、忘れられたくないよ」

それは嘘《うそ》ではない。

太一はきっと、思いを込《こ》めて梨乃の兄のことを話すだろう。仲がよかったのだ、本当に。何度も夢に見るほどに。――貴樹のヤツ、夢の中で、いつも笑ってるんだよな……。と、そんなことを聞いたのは、いつだったろうか。たぶん、メールだったから、埼玉に越《こ》した後だ。

――いいな、夢でも、会いたかった。そう返信した後、すぐにまた返信が届いた。――あいつはやさしいから、梨乃の夢に現れると、あとで悲しくなるって、わかっているんだよ。だから、もう少し、我慢《がまん》してるんだよ……。

そんな太一だからこそ、今聞いたことを、母には、話せない。

「みんなは、どうしてる？」

梨乃が、かつての同級生たちの消息を尋《たず》ねると、愛希菜は、今度は訥々《とつとつ》と語った。

同級生たちの進学先、カップルになった生徒の噂《うわさ》など。中には、未《いま》だに仮設住宅から出られない者もいるという。沿岸のどこもが地盤沈下《じばんちんか》しているので、土地の嵩上《かさあ》げ作業もなかなか追いついていないようだ。と、そんなことを聞くと、自分はずいぶんと恵《めぐ》まれているのではないかと思ってしまう。それなのに、行くことができなかったなんて……。

「うちは、わりとすぐに出られたから、なんていうか、いろいろ複雑」

愛希菜が眉《まゆ》を寄せた。大きく見開かれた目、少し厚めの唇《くちびる》。もともと幼く見られがちの愛希菜だったが、しばらく見ないうちに、表情がずいぶんと大人びた。

かつてのクラスメイトたちも、抱《かか》えている問題はそれぞれ違《ちが》う。だれが恵まれていて、だれがそうでないのか、一概《いちがい》に言えるわけではない。どこの被災地《ひさいち》だって、それは同じだ。

また、遼のことが頭に浮《う》かんだ。

「福島は、もっと複雑みたい」

「ああ、そうだろうね。補償《ほしょう》がからむと。どこで線引きするとかあるし、自主的に避難《ひなん》した人とか、非難されたり。何も悪いことしてないのに」

梨乃は頷《うなず》いた。地震《じしん》さえなかったら、津波《つなみ》さえなかったら……いくらそう思っても、時間は戻《もど》せない。

「やっぱ、悔《くや》しいよ。でも、負けたらよけいに悔しいから、あたし、幸せになるって決めた」

「恋《こい》もして？」

「そう。恋もして。梨乃も、がんばりなよ」

帰路、新幹線のホームに立って、ガラス越《ご》しに外を眺《なが》める。このあたりから、海岸まではおよそ十キロほども離れているだろうか。

あの日、東日本《ひがしにほん》のどこもが激しく揺《ゆ》れた。だがやはり、内陸側と、沿岸とでは、その後の歩みはずいぶん違《ちが》う。

——何もわかってない。

ふいに、愛希菜が口にした言葉がよみがえる。愛希菜が暮らしていた仮設住宅に、東京から見学の人が訪《おとず》れた時、「二部屋あるんだ」と口にした人がいたという。二部屋といっても四畳《じょう》半二つ。たしかに大都市にはワンルームマンションや、狭《せま》いアパートもある。

——だけど、あたしたちが暮らした街は、都会じゃないんだから。隣《となり》の家とだって、距離《きょり》がある。薄《うす》い壁《かべ》一枚挟《はさ》んだだけで、物音が聞こえるなんて、だれも、経験したことなかったでしょ。

ふだんはおっとりしている愛希菜の口調に、怒気《どき》が混じった。

仮設はしょせん仮設で、時間が経《た》つほどに、傷《いた》んでくるから、湿気《しっけ》でカビが生えたりもするし、冬はとても寒い。その仮設での寒さを、梨乃自身は体験することなく、埼玉に引《ひ》っ越《こ》してしまったが。

奪《うば》われたのは、故郷じゃない。伯父《おじ》も、愛希菜も口にした言葉だ。たしかに、幼い頃《ころ》から慣れ親しんできた風景は、この先、何年も取《と》り戻《もど》せない。流された家、なぎ倒《たお》された木、沈《しず》んでしまった土地。すべて失われた。だが、失ったのは故郷ではないのだ。一瞬《いっしゅん》にして奪《うば》われたのは、親しい人の命であり、それまでの暮らしそのものだ。内陸へ移住した人、梨乃の一家のように他県へ出た人も少なくない。当たり前にあった地域のつながりも、断《た》ち切《き》られた。

いつの間にか、今なお連絡《れんらく》を取り合っている故郷の友人は愛希菜だけになっていた。当初固まっていた被災者《ひさいしゃ》たちのその後は、遠心力が働くようにそれぞれの方向に進み、時とともに距離は開いていく。

ホームに進入してきた常盤《ときわ》グリーンの新幹線が、シューというこすれるような音を立てて停《と》まる。耳障《みみざわ》りではあっても、この音に動かされる感情は、ない。並んでいた人について、梨乃は車輌《しゃりょう》に乗り込《こ》み、指定の座席を目指す。席に座《すわ》るとすぐに、すべるように列車が動き出し、あっという間に加速する。仙台の街が、後ろへと消えていく。帰るのだ、埼玉に。そのことにどこかほっとしている自分がいた。

愛希菜と会えてよかった。大事な友だちと思えてよかった。

それでも、当たり前のことだが、愛希菜と梨乃とでは、この三年あまりの間に見てきた景色が違《ちが》う。

同じ被災者《ひさいしゃ》だからわかり合えるなどと、簡単に言えるはずはない。被災地を意識せずに暮らしている今の自分と、愛希菜たちとの間にも、川はあるのだろうか。

八

九月。新学期が始まった。

朝、教室に入ると、陶子《とうこ》と妃津留《ひづる》が話していた。

「おはよう」

と声をかける。

「あ、梨乃《りの》。おはよう。今、向原《むかいはら》さんに、コンクールのこと聞かれてたの」

「岩井《いわい》さんも出たんだってね。初心者なのにがんばったね。去年より成績よかったって聞いて、吹奏楽部《すいそうがくぶ》に入ればよかったかなってちょっと思った」

「ああ、中学で、クラリネットやってたんだものね。今からでも大丈夫《だいじょうぶ》じゃないの？」

「けど、イチクラ、無理なんでしょ」

「だね。イチクラはあたしがいるから」

陶子はにやっと笑った。

「やっぱり、今さら、だね。文化祭、楽しみにしてる」

と言って、妃津留が去っていくと、陶子がつぶやいた。

「もう、調子いいんだから。だいたい、初心者って何よ」

「まあ、ほんとのことだし」

と、梨乃は苦笑《くしょう》した。


夏休み前に三年が引退している部活も少なくないが、吹奏楽部《すいそうがくぶ》は、例年、九月初旬《しょじゅん》の文化祭をラストステージとしている。梨乃は、詩緒《しお》がいるうちに、できる限りのことを吸収しようと思いながら、部活に励《はげ》んでいた。とはいえ、音色の違《ちが》いに落《お》ち込《こ》むこともしょっちゅうだった。


もう、クラリネットを吹《ふ》きたいとも思わない。そしていつか、詩緒のように艶《つや》のある音を出せるようになって、「黒いオルフェ」のような曲も吹いてみたい。

「梨乃、音が出るようになったな」

と拓斗《たくと》に言われたのは、文化祭で演奏する、ジャズナンバーの「A列車で行こう」という曲を吹いていた時だ。

「まだまだです」

そう答えながらも、多少の手応えはあった。拓斗はにやっと笑った。

「そういう戸川《とがわ》も、最近変わったよね」

と詩緒が口を挟《はさ》む。

「それは、詩緒さんの悪影響《あくえいきょう》で」

拓斗が頭をかいた。拓斗は詩緒が卒業した後、テナーに移行する。そして文化祭が終われば、梨乃はファーストアルトサックスだ。

「案外楽しいでしょ、こういう曲も」

という詩緒の言葉は、梨乃と拓斗、二人に向けたものだ。

「けど、いきなり、コルトレーンの音源のアドレスとか、送ってこないでほしいっす。勉強になんねえし」

「それは、あんたがジャズの名曲知りたいって言うから」

「にしても、よりによって宿題の追い込み時期に」

拓斗がわざとらしく眉《まゆ》を寄せたのを見て、梨乃は笑いをかみ殺しながら、遠慮《えんりょ》がちに言った。

「わたしは、まずは『A列車で行こう』をちゃんとやりたいので。ユーチューブで、聴《き》いてます。いろんな演奏」

「研究熱心でよろしい」

詩緒があえてもったいぶった言い方をしてから、くすりと笑うと、拓斗もからかうように笑顔《えがお》で応じた。

「最初はどうなるかと思ったけどなあ」

「そんなにひどかったですか？」

「っていうか、緊張《きんちょう》で身体《からだ》がこわばっていた。だよね、先輩《せんぱい》」

「戸川の一年の時の方がひどかったよ。几帳面《きちょうめん》すぎるというか。梨乃の方が柔《やわ》らかい」

拓斗は、わざとらしく肩《かた》をすくめた。

「おれ、名前がタクトだから」

「何、それ。意味不明。メトロに改名すれば？」

と詩緒が笑う。梨乃も笑いながら、詩緒を見て言った。

「……クラリネット、やりたかったんです。でも、今は、サックスやらない？って声をかけてもらって、よかったって思ってます」

「みんな詩緒先輩にたぶらかされて、迷宮《めいきゅう》に入《はい》り込《こ》む」

言葉とは裏腹に、拓斗の表情には詩緒に対する敬意とまもなく去っていくことへの寂《さび》しさがにじんだ。そんな二人を見比べながら、梨乃は、この場にいられることが嬉《うれ》しいと、改めて感じた。


新学期になって最初の全体練習のあった日、一年生が固まって地下鉄の駅に向かった。駅で二方向に別れ、池袋《いけぶくろ》行きの電車に、梨乃《りの》と遼《りょう》、陶子、純平《じゅんぺい》の四人が乗《の》り込《こ》む。一つだけ席が空いていたので、梨乃は自分より荷物が重そうだった陶子に、座《すわ》れば、という風に顎《あご》をしゃくる。陶子が座った前に、純平を中にして立った。

「岩井さん、最近、雰囲気《ふんいき》変わったよね。柔らかくなったっていうか」

純平に言われて、思わず相手を見つめる。どういうことだろうか。梨乃は思い切って聞いてみた。

「前は、硬《かた》かった?」

自分としては、高校に入学した時点で解放された気でいたのだが。

「音のことだろ? 最近、音色が柔らかくなった、というか」

フォローに入るかのような遼の言葉は、梨乃が聞いても、少し不自然に感じた。

「言って。聞きたいから」

純平は、少し困ったように遼を見てから、おずおずと口を開く。

「うん。遼の言うとおり、音色も柔《やわ》らかくなって。つまり、音色に表れる余裕《よゆう》っていうか。おれは、自分も未経験で、緊張《きんちょう》してたから、少しわかる気がするんだけど」

「自分と一緒《いっしょ》にすんじゃねえよ。純平、テクニックに気をとられ過ぎ」

遼がまた口を挟《はさ》む。強引《ごういん》に音色に結びつけようとするかのようだった。遼をちらっと見た梨乃は、また純平に目を移す。

「最近、声をかけやすくなった」

前のことでなく、今を語ろうとする言葉の選び方に、純平のやさしさを感じた。

「あたしは、最初から気が合ったよ。梨乃とは」

「知ってるよ。けど、岩井さんは、赤崎《あかざき》さんより繊細《せんさい》だから」

「何それ！」

と、陶子が手を振《ふ》り上《あ》げる。

「陶子、繊細って、褒《ほ》め言葉じゃないんだよ」

梨乃は笑いながら言った。

「うん。半分そうだよな。でも、おれは、嬉《うれ》しいな。こんな感じ。岩井さんが、部活仲間の前で、よろ……着込《きこ》んでいた上着を脱《ぬ》いだっていうか、ちょっとそんな感じ？」

純平は、おそらく、鎧《よろい》と言おうとして言葉を言《い》い換《か》えた。

梨乃は改めて入学当初の頃《ころ》を振り返る。解放感はまちがいなくあった。が、それでもなお自分は鎧を着ていたのだろうか。

梨乃は遼をそっと見る。

今、梨乃がだれよりも信頼《しんらい》している友人は陶子だけれど、その陶子にも話してないことを遼は知っている。この学校でたった一人だけ、梨乃が抱《かか》える事情をわかっている。

ひょうひょうとした遼だが、梨乃が自分のことをあまり話題にされたくないようだと思ったらしく、突然《とつぜん》、

「そうだ、文化祭、来るんだ」

と言い出した。

「だれが？」

とわざとらしく聞いたのは、陶子だ。それからひとしきり、付き合っている相手のことでい

じられた遼だが、ぬけぬけと、

「おまえ、羨《うらや》ましいんだろ」

などと、純平に言い返していた。


その後も時折、遼や純平と帰りが一緒《いっしょ》になることがあった。池袋で純平と分かれ、赤羽《あかばね》で陶子が降りると、赤羽から浮間舟渡《うきまふなど》までの四分間だけ、遼と二人になるが、たいていは部活の話をする。

震災《しんさい》について話すことはめったにない。しかし、ある時、ふと梨乃は聞いてみた。

「夏休み、行ったんだよね？」

遼は首を横に振《ふ》った。

「つらくなるだけだからって、親父《おやじ》が。あ、でも、郡山《こおりやま》には行ってきた」

付き合っている人に会いに、ということだろう。

「そっか。それで、文化祭、誘《さそ》ったんだね」

「岩井さんは？」

「わたしもね、仙台《せんだい》で、友だちと会ったんだ」

愛希菜《あきな》の顔が浮《う》かんだ時、太一《たいち》が震災について語ると言っていたことを思い出し、おずおずと切り出す。

「それでね……。知り合いの高校生が、イベントで、あの時のこと、話すって……」

「震災の、こと？」

「うん。その人、友だちのカレシなんだけど」

「葛藤《かっとう》、あったろうな」

「たぶん」

「おれさあ、ちっとはりこうになった気がするんだ」

「え？」

「どうしたって、考えるだろ。いろんなこと。けど、ばかのままでも、あんなこと、なかった方がいいと思う」

はっとして顔を上げる。視線がもろにぶつかった。遼は悲しんでいるのか怒《おこ》っているのか。眉《まゆ》が切なげに寄っているのに、視線は強い。たじろぎそうになりながらも、梨乃は自分の視線をそらすことができなかった。

そのまま、ただ互《たが》いを見つめているうちに、電車が駅に着いた。じゃあ、という風に軽く手を上げ、遼は降りていった。

――そうだよね。兄が生きているなら、わたしはだめだめの末っ子だってよかった……。

二日間の文化祭で、吹奏楽部《すいそうがくぶ》が体育館のステージに上がるのは、二日目の午後だ。

初日、梨乃は陶子たちと、高校の文化祭を楽しんだ。梨乃たちのクラスは、手相占《てそううらな》いつきの甘味喫茶《あまみきっさ》をやることになった。

主導したのは、美湖《みこ》だった。手相占いが得意なのだという。教室の奥《おく》まったところに、パーティションを置いて占いのコーナーを作る。美湖は、紫色《むらさきいろ》のヴェールをかぶってそれらしい雰囲気《ふんいき》を醸《かも》し出《だ》していた。

午前中の早い時間、まださほど人が来ないうちに、クラスの女子の何人かが、手相を観《み》てもらっていた。

「梨乃は、観てもらわないの？」

陶子に聞かれて、微苦笑《びくしょう》を浮《う》かべる。

「小学生の頃《ころ》は、星占《ほしうらな》いとか、凝《こ》ったけど。まあ、いいかな。陶子は？」

「あたしは、占いとか、あんまり興味ない」

午後になると、人が立《た》て込《こ》んで、三十分待ちという状態になったので、番号札を配り、お茶を飲みながら待ってもらうようにした。意外にも、男子が多く並んだのは、やはり美湖が美少女だったからだろう。

「やべえ、横手《よこて》に手ぇさわられたぜ」

などと廊下《ろうか》で、騒《さわ》いでいる男子もいた。

梨乃は、二時から三時までが、入り口で食券を販売《はんばい》する当番だった。まもなく交替《こうたい》という時に、他校の生徒と思《おぼ》しき女子が、一人でやってきて、

「アイスコーヒー、お願いします」

と言った。言葉のイントネーションに、はっとして顔を上げる。服装は、半袖《はんそで》のプルオーバーに短めのスカート。とりたてて特徴《とくちょう》はないありふれた装《よそお》いだった。眉《まゆ》をきれいに整えていて、艶《つや》のあるジェルを唇《くちびる》に塗《ぬ》っているほかは、化粧《けしょう》をしていない。小柄《こがら》で色白のかわいい少女。どこか既視感《きしかん》がある。チケットを渡《わた》して、

「手相占いはいかがですか」

と、約束事を聞く。チケット販売《はんばい》時に勧誘《かんゆう》するようにとの指示だったのだ。

「手相?」

梨乃は、腕時計《うでどけい》をちらっと見て、

「占《うらな》いは三時半までなので、あと一人でおしまいです」

と言う。

「じゃあ、観《み》てもらおうかな、でも、あんまり待つようだと……」

梨乃は、番号札を渡《わた》しながら、奥《おく》を振《ふ》り向《む》く。幸い、待っている人は一人だけだった。

「十五分ぐらい待てば、観てもらえます」

「じゃあ、待ってます」

その少女は、隅《すみ》のテーブルに座《すわ》った。

ほどなく、クラスメイトから、

「梨乃、そろそろ交替《こうたい》するよ」

と言われて、チケット売りの仕事から退く。陶子を探すと、占い場所に近い席であんみつを食べていたので、そばに座った。そこから美湖の姿は見えないけど、声は漏《も》れてくる。

「この席だと、聞こえちゃうね」

小声でささやいて、くすっと笑った。

やがて、先ほどの少女が番号を呼ばれて、パーティションの中に入っていった。

「何を観てほしいですか？」

「あの……愛情運を、観てください」

少しためらうような声が梨乃の耳に届く。やや間を置いてから、美湖の声が聞こえた。

「……何か、悩《なや》んでますか？」

「……そうですね」

「あなたは、恋人《こいびと》を大切にするタイプですね」

「そう、なのかな」

「十代の間は、恋愛《れんあい》ではちょっと苦労しそうです。運気が上がるのは二十歳《はたち》を過ぎてからですね」

「…………」

「最終的には、うまくいきますよ。結婚《けっこん》は、生涯《しょうがい》一度でしょう。好きな人と結婚して、離婚《りこん》もしません。子どもは、二人、かな」

美湖はそのほかにもあれこれ告げたが、最終的には、悪いことは言わなかった。陶子が、小さな声で、

「まあ、いい気持ちになってもらわなくちゃね」

とドライなことを口にした。

礼を言って少女が、奥《おく》のテーブルに戻《もど》った時、

「佑香《ゆうか》、待たせてごめん」

と言いながら、遼が入ってきた。

思わず、少女の方を振《ふ》り返《かえ》る。遼の遠距離恋愛の相手である佑香だったのだ。既視感《きしかん》があったのは、スマホの写真を見せてもらったことがあったからだ。

ふいに、かつて遼から聞いたことを思い出した。原発事故の後、佑香は遼に告げたという。

――あたしたち、もう子どもなんて、産めない……。

手相を見た美湖が、将来「子どもは、二人」と言った時、佑香はどんな思いで聞いたのだろう。

「あの人、紺野《こんの》君の……」

美湖の言葉に、梨乃は我に返った。いつの間にか、ヴェールを取った美湖が、そばに立っていた。

「ああ、そうか。横手さんが占《うらな》ったの、紺野のカノジョだったんだね」

と陶子が言った。

「……じゃあ、福島から来たんだ」

美湖がつぶやいた。

「わざわざ来るなんて、ラブラブじゃん」

陶子の言葉に、美湖はほんの少し眉《まゆ》を寄せた。美湖はまだ、遼のことが気になるのだろうか。


遼が、梨乃と陶子の名を呼んで、手招きする。

「二人とも、吹奏楽部《すいそうがくぶ》の仲間なんだ」

梨乃は佑香に向かって軽く頭を下げた。

「紺野、にやけてるよ」

陶子がひやかすと、照れくさそうに遼は頭をかいた。

「明日、聴《き》いてくれるの？」

梨乃が遠慮《えんりょ》がちに聞いた。

「うん。そのために来た」

「紺野のとこに、泊《と》まるの？」

陶子が聞くと、佑香は、

「まさか。従姉《いとこ》がいるから」

と、少し慌《あわ》てたように言った。

「紺野のトロンボーンソロ、かっこいいから、お楽しみに」

梨乃がそう言って立ち上がると、陶子も続いた。そのまま、二人で教室の外に出ていった。


文化祭二日目。吹奏楽部《すいそうがくぶ》のステージは、午後二時半過ぎの予定だったが、全体の進行が遅《おく》れがちで、梨乃たちが舞台《ぶたい》に上がったのは、四十分を少しまわった頃《ころ》だった。

客席を見ると、入りはまずまずだった。コンクールの成績が去年よりもよかったことも、功を奏したようだ。在校生や、他校の高校生らしい若者が多いが、来年の進学を考えているのか、中学生の姿もあった。比較的《ひかくてき》前寄りに座《すわ》っている大人は、部員の保護者たちかもしれない。

梨乃は、クラスメイトの顔をいくつか確認《かくにん》した。美湖と妃津留が並んで後ろの方に座っている。中学時代、吹奏楽部だったという妃津留は、結局、部活はやっていないままだ。

さらに目を転じると、前列の端《はし》に、ぽつんと一人で、佑香が座っているのが見えた。

舞台でのチューニングが始まった。

その時、梨乃はちらっと時計を見た。二時四十五分。あとから思えば、それがまずかったのかもしれない。

音が重なり合い重厚《じゅうこう》な厚みを持って響《ひび》き渡《わた》る。それを聴いているうちに、急に息が苦しくなってきた。指先が冷たくなって力が入らない。

――もう、大丈夫《だいじょうぶ》だと思ってたのに……。

視界がせばまっていく。梨乃は必死に瞬《まばた》きを繰《く》り返《かえ》したが、目の前が暗くなり、手から楽器が離《はな》れた。ストラップをしているのでサックスが落ちることはなかったが、身体《からだ》の脇《わき》でぶらりと揺《ゆ》れた。

「梨乃、どうしたの?」

左隣《ひだりどなり》に座っていた詩緒が小声でささやく。

「すみ……」

答えようとしたけれど声にならず、そのますーっと意識が遠のいていく。

その時。

ガシャンと大きな音を立てて、背後で譜面台《ふめんだい》が倒《たお》れた。その音で、梨乃は我に返った。

「すいませーん!」

仲間に、というよりは、会場に向けて大声でどなったのは、遼だった。

会場から笑い声が起こった。梨乃が振《ふ》り返《かえ》ると、遼が頭をかきながら、今度は部活仲間に詫《わ》びている。目が合った。ほんの一瞬《いっしゅん》、遼は顔の動きを止め、それから小さく頷《うなず》く。——大《だい》丈夫《じょうぶ》だから。口の動きはなかったのに、梨乃にはそんな言葉が聞こえた。

わざと、倒《たお》した？

やがて、演奏が始まる。すんなりと音が出た。指もちゃんと動いた。

ジャズナンバーの「A列車で行こう」から始まって、全部で五曲。いつしか、梨乃は夢中で吹《ふ》いていた。各パートを際立《きわだ》たせるところでは、立ち上がって吹く。三曲目の「学園天国」という昔流行《はや》った曲で、トロンボーンが立った時、客席に目を向けると、佑香は静かな笑顔《えがお》で手拍子《てびょうし》を打っていた。

最後は、コンクールで演奏した「復興《ふっこう》」で締《し》めた。この曲をこのメンバーで吹くのも、今日が最後になる。あっという間に終わってしまったコンクールの時よりも、梨乃はしっかり吹けたと思った。それも、遼のおかげかもしれない。遼は、この曲をどんな思いで受け止めたのだろう。そっと後ろを振り返る。遼はトロンボーンの先輩《せんぱい》に、軽く頭を小突《こづ》かれながら、晴れやかな笑顔を見せていた。

隣《となり》の席に目を移すと、詩緒がうっすらと涙《なみだ》を浮《う》かべていた。舞台《ぶたい》の袖《そで》に戻《もど》る時に、梨乃は詩緒に聞いた。

「サックス、続けないんですか？」

前に聞いた時は、高校を卒業したら、吹奏楽《すいそうがく》には区切りをつけると言っていた詩緒だが、梨乃にはそれがなんとも残念でならなかった。

「大学で、ジャズのサークル入ろうかなって」

その瞬間《しゅんかん》、いつか聞いた「黒いオルフェ」がよみがえる。

「わたし、ぜったいに、聴《き》きに行きます。本当に、お世話になりました！」

梨乃は深々《ふかぶか》と頭を下げた。

「ありがとう。梨乃、うまくなったね」

晴れやかな笑顔で、詩緒は、軽く梨乃の肩《かた》を叩《たた》いた。思わず鼻の奥《おく》がつんとなったが、懸《けん》命《めい》に笑顔を作った。

その日、梨乃は陶子と純平と三人で帰った。遼は、上野駅に佑香を送りに行ったらしい。

「楽しかったね、コンクールみたいに緊張《きんちょう》しなかったし」

「そうだね」

と答えたものの、梨乃は内心では冷《ひ》や汗《あせ》ものだった。あの後、ふつうに吹《ふ》けてよかった。何より、詩緒たち三年生に迷惑《めいわく》をかけなくてすんだ。

舞台《ぶたい》で梨乃より前に座《すわ》っていた陶子は、梨乃がパニックを起こしそうになったことには、気づいていないようだった。いや、陶子だけではない、あの時、梨乃の様子が変だと気がついた者はほとんどいなかった。詩緒と、それから、後ろにいた遼をのぞけば。梨乃に異変が生じてから、遼の譜面台《ふめんだい》が倒《たお》れるまでわずかな時間だったし、だれもがチューニングに集中していたのだから。

「おれさあ、ペットの先輩《せんぱい》に聞いたんだ」

「聞いたって?」

「『復興』も、今日が最後だなって。で、あの曲にいつ決めたのかなって」

梨乃ははっとして純平を見つめた。自分もまた、今日が最後だと思った。梨乃は、おずおずと聞いた。

「いつだったの?」

「三月には、決めてたって」

「そうなんだ。あたしたちが、入学する前だったんだね。……もしかして、純平、紺野がどう思ったか、気になったの？」

陶子が聞くと、純平は小さく頷《うなず》いた。


池袋で、純平と別れた後、埼京線《さいきょう》のホームで、陶子が、

「半年、早かったなあ。梨乃、がんばったね」

と、感慨深《かんがいぶか》げに言った。

「詩緒先輩のおかげ。それと、陶子の。陶子がいたから続けられた」

そう、陶子の存在がありがたかった。それから、遼。でも、そのことは口にはできない。

今頃《いまごろ》、遼は佑香といる。一瞬《いっしゅん》頭に浮《う》かんだ二人の映像。気になるのだろうかと自問して、小さく首を横に振《ふ》る。そういうことではない。そうじゃない……。

「どうかした？」

笑顔《えがお》の陶子と目が合う。同じような笑顔を返す。

「ううん。人との出会いって、不思議だなって」

もしも、あの大震災《だいしんさい》がなければ、陶子と出会うこともなかった。もとより故郷を離れた

かったわけではない。それでも、出会えてよかった。陶子とも、詩緒とも。そして遼とも。

振《ふ》り替《か》えの休みが過ぎて、いつもどおりの日常が戻《もど》ってきた。

文化祭から数日たった朝、梨乃が乗っている車輌《しゃりょう》に、遼が乗《の》り込《こ》んできた。

「おはよう、岩井さん」

「おはよう」

努めて明るい声で返事をすると、開いていた本に目を留めた遼が聞く。

「何読んでた？」

梨乃が表紙を見せると、

「『偉大《いだい》なる、しゅららぼん』？　へえ？　岩井さん、そういうの読むんだ」

と、目を細める。

「うん」

「『鴨川《かもがわ》ホルモー』の人だよね」

「うん。あれも読んだ。面白《おもしろ》かったよ」

「おれも読んだ。けど、岩井さんが、そういうの読むって、ちょっと意外っていうか」

「なんか、笑える本、読みたくなること、ない?」

と問うと、ぱっと顔が輝《かがや》いた。

「あるある! 思いっきりばかばかしいこととかさ。本じゃなくても。お笑いとか、見る?」

「それは、見ない」

と梨乃は首を横に振《ふ》る。

「母がね、そういうのは、だめみたいで」

「そうか」

母と二人で家にいると、笑うことが罪を犯《おか》しているような気になる時がある。そんなことまで語るつもりはないが、もしかしたら、遼は何かを感じ取ったのかもしれない。穏《おだ》やかな笑顔《えがお》のまま、話題がずれていく。

好きな教科や苦手な教科。そして音楽のこと。遼は現代社会が好きで、数学はイマイチだという。英語は得意ではないががんばりたいと語る。そこは少し自分と似ているが、梨乃は数学も嫌《きら》いではない。

「案外、リケジョだったりする?」

「どうかなあ、化学式とかは、抵抗《ていこう》ないけど」

「おれ、あれ、だめかも」

「音楽は、とってるよね」

「吹部《すいぶ》だしね。けどさ、松山《まつやま》先生、授業と部活でキャラ変わるよな」

「そうそう。びっくりした。授業ではきまじめで。部活の時の方が元気だよね」

「だけど、この間は、ブルースとか、ジャズの話もしてくれた」

「授業で？」

「うん。音楽は、音を楽しむことだからって、授業でも言ってた。どんな音楽も楽しめばいいって。ジャズの話、けっこう熱入ってたかな。岩井さんは、ジャズとか、聴《き》く？」

「詩緒先輩《せんぱい》が好きだから。最初は難しいかと思ったけど、勉強の時、パソコンで流してる。けっこう心地《ここち》いい」

「あ、それ、わかる。おれ、去年、受験の時に、ドーベルマンってバンドにちょっとはまってさ。そしたら、スカバンドとか、聴いてるヤツ、まわりにだれもいなかった」

「スカ、バンド？」

「スカって、ジャマイカ発祥《はっしょう》の音楽なんだけど。日本にも、けっこうスカバンド、あるよ。

ロックとかと違《ちが》って、管楽器使うとこが多いんだ。すげえ賑《にぎ》やかなのもあってさ、そういうの、がんがん流しながら、勉強してた。うるさいって、ばあちゃんにどなられて喧嘩《けんか》して。ヘッドホンで聴《き》いてたら、難聴《なんちょう》になるって言われたり」

こういう時の遼の笑顔《えがお》には愛嬌《あいきょう》があって、ふだんよりも幼く感じる。それにしても、今でこそ、音楽を流しながら勉強することもあるが、去年の梨乃には考えられないことだ。しかも、賑やかな音楽とは。

「スカって、よくわからないなあ」

「スカパラ……東京スカパラダイスオーケストラとか、けっこう有名かな。おれらの親よりちょい上ぐらいのおっさんのバンドだけど、そこのトロンボーン、ステージでめっちゃ動くんだよね。ユーチューブで聴けるから、今度、聞いてみてよ」

頷《うなず》きながら、その名前を記憶《きおく》し家で聴く。詩緒の好きなジャズとはまた違ったもので、テンポがよく、改めて音楽は多様だと思った。スカパラの楽曲は、軽快だが楽器の奏法も遼のものとは違う。それにしても、なんと賑やかなサウンドだろう。

次の日に、思わず、

「あんな賑やかな音楽聴きながら、よく勉強できたね」

と言った。

「音が大きいのは平気。むしろ、静かだと落ち着かないんだなあ」

「ふだん吹《ふ》いてる音と、ずいぶん違《ちが》くない？」

「ああいう吹き方も、いつかやってみたいんだよね」

と笑う。

「わたしは……詩緒先輩《せんぱい》が吹いてた『黒いオルフェ』、いつか吹いてみたいな」

次の日の朝も、梨乃は遼と電車が一緒《いっしょ》になった。

開口一番、遼は声をはずませた。

「『黒いオルフェ』、ユーチューブで聴《き》いた。トロンボーンのソロのもあったよ。カッケーって思った。同じヤツ、何度も聞いた。ちょっと吹いてみたくなったかも。面白《おもしろ》いよな、一つの楽器で、どんだけいろんな色があるのか」

そして、鼻歌交じりに、そのメロディーを口ずさむ。

もう、梨乃はあえて遼を避《さ》けようとは思わなかった。こうして、毎朝、電車で顔を合わせる。地下鉄では別の友人と一緒になることがあるので、埼京線の浮間舟渡から池袋までの十数分が二人で言葉を交《か》わす時間だった。

この十数分の時間で、少しずつ、遼について知っていることが増えていく。被災《ひさい》を話題にすることはほとんどなかった。

それでも、ふとした折に、遼との間には、ほかの生徒には通じえない思いが行き来するのを感じる。なんだか共犯者のようだ、と梨乃は思う。

「妹さんがいるんだよね。年が離《はな》れてるって言ってたっけ」

「よく覚えてるなあ。そう。まだ小三なんだ」

「ってことは、七つ違い?」

「だな。けっこうお調子者っていうのか、家でも『アナ雪』のアナになりきって、騒《さわ》いでる。ばかだろ?」

ふと、十歳《さい》ぐらいの女の子が、声を張り上げて歌う姿が目に浮《う》かんだ。

「かわいいだろうなあ」

「っていうか、いいよなあ、あいつは。みんなにかわいいって言われて」

「あれ? 妹にやっかみ?」

「いや、おれもかわいがってるけど」

「ちょっと羨《うらや》ましい」

「岩井さん、一人なんだっけ」

「……うん」

今は、という言葉を飲《の》み込《こ》む。

やがて、電車が池袋に着いた。

並ぶようにして歩きながら、地下鉄に向かう。ホームで、美湖が立っているのが見えた。近づいてくるかなと思ったけれど、美湖は距離《きょり》を保ったたまま、電車に乗り込んだ。

降りてからも、美湖は一人でさっさと行ってしまった。


九月の最後の土曜に、御嶽山《おんたけさん》が噴火《ふんか》した。秋の行楽日和《びより》の晴天で、土曜だったことが災《わざわ》いして多くの犠牲者《ぎせいしゃ》を出した。もしも紅葉の見頃《みごろ》でなかったら、もしも雨天だったら、もしも平日だったら。犠牲になった人はもっと少なかったかもしれない。生死を分ける偶然《ぐうぜん》を運命と呼ぶなら、運命はやはり残酷《ざんこく》だ。ニュースで繰《く》り返《かえ》し流れる噴火の映像を見つめながら、梨乃はじっと唇《くちびる》をかんでいた。

翌々日《よくよくじつ》の朝、遼と電車で会った。

「今度は、噴火か。なんか、やりきれねえ」

遼が眉《まゆ》を寄せる。頷《うなず》いた梨乃の眉もおそらく同じように寄っているのだろう。その日は、さすがに交《か》わす言葉も少なかった。

十月はじめに、後期の各委員を決めることになった。

クラス委員長には、美湖が推薦《すいせん》されて選ばれた。だれにでも明るい笑顔で声をかける美湖は、男子にも女子にも評判がよかったが、梨乃はまだ、どこか苦手意識をぬぐえずにいた。

なかったことにできるのなら、どんなにいいだろう。今も時々《ときどき》、そう思ってしまいます。でも、時間を戻《もど》すことはできないから。

前を向いて歩こうと決めた時、ぼくは、震災《しんさい》のことを語ろう、と思いました。ショック療法《りょうほう》みたいなものかもしれません。

九

リビングで夕刊を開いた時、たまたま目に飛《と》び込《こ》んできたのは、「子どもたちが語る震災の記憶《きおく》」と題した記事だった。記者のインタビューに答える少年の名を見たとたん、梨乃《りの》は息を呑《の》む。動悸《どうき》が激しくなってきた。しばらく間を置いてから、梨乃の目は、再び文字を追う。

そう言うと、ぼくが大変な思いをしたみたいですけれど、実はそうではありません。家族で亡《な》くなった人はいないし、家も津波《つなみ》に飲み込まれることはなかったです。もちろん、地震《じしん》で家の中はめちゃくちゃになりました。ライフラインが復旧するまでは大変でした。それでも、ずっとましな方だったんです。だから、そんなぼくが語ってもいいのか、と迷う気持ちもありました。

あの地震と津波では、ぼくたちの地域の人はだれもが、だれかしら、親しい人を亡くしています。

ぼくがいちばんつらかったのは、親友を失ったことです。すごく仲がいい友だちでした。

語り手は、震災当時中学生だった菅原太一《すがわらたいち》。記事は、太一が、何人かの高校生とともに、震災について子どもの立場《たちば》で語るという活動を始めたことを告げていた。記事のラストには、十二月に、仙台《せんだい》市でまた語る予定であることも記されていた。

添《そ》えられた写真は、小さなものだったが、太一の面影《おもかげ》を感じ取ることができた。けれども、懐《なつ》かしささえ感ずることもできずに、梨乃の頭をめぐったのは、なんで？　どうして？　という問いだった。動悸が治まらなかった。活動のことは、愛希菜《あきな》から聞いていたはずだった。それなのに、なぜこんなに動揺《どうよう》しているのだろう。

愛希菜から、「梨乃も、賛成してくれるよね」と聞かれてすぐに返事ができなかったことが、よみがえる。いやなのではない。そんなはずはない。けれど……。

その時、玄関《げんかん》の方で、物音がした。母が帰ってきたようだ。

梨乃は、そのページを引き抜《ぬ》いた。母に見せたくない、見られてはならないと、そう思ったのだ。古新聞に紛《まぎ》れ込《こ》ませることも考えたが、もしも、母が後から見つけたら、かえって面倒《めんどう》なことになる。といって、なぜか破り捨てることもできない。とっさに、ページごと折りたたんで、鞄《かばん》にしまうと、急いで自室に行って鞄を放り投げ、リビングに戻《もど》って母を迎《むか》えた。梨乃を見た母の眉《まゆ》が、いぶかしげに寄った。

「どうかしたの?」

「ううん。お腹空《なかす》いちゃった」

新聞を引き抜いたことがばれないかと案じながら、梨乃は無理に笑顔《えがお》を作った。

次の日の朝、いつものように、遼《りょう》と電車で一緒《いっしょ》になった。おはよう、とふだん通りの笑顔を向けられて、こわばっていた身体《からだ》が緩《ゆる》んだように感じた。しかし、遼の方は、わずかに首を傾《かし》げる。

「なにかあった？」

「あ、ううん」

「ならいいけど」

「あのね……、前に、友だちのカレシのこと、話したの、覚えてる？」

「あ、もしかして、震災《しんさい》のこと、語ることにしたっていう？」

「うん」

「新聞記事に、なってた」

「へえ？　読んでみたいな」

梨乃は記事を取り出して遼に渡《わた》した。そのとたん、少しだけ荷が軽くなった気がして、そのことに後ろめたさを覚える。それなのに、さっと目を通した遼から、

「借りていい？　ちゃんと読みたい」

と言われて、こっくりと頷《うなず》きながら、ほっとしている自分を意識した。

「親友、亡《な》くしたって書いてあるでしょ」

「あ、うん。つらいよな。身内でなくても……」

「……それ、わたしの……兄」

ぽろっと、言葉がこぼれた。そんなこと、言うつもりはなかったのに。

「……………」

ぽかんと口を開けて、自分を見つめる遼と目が合う。そのとたん、遼は視線を泳がせた。

口にしてしまった。けれど、遼になら、話してもいいと、どこかで思っていたような気もする。

「ごめん。変なこと言って」

「……変じゃないし。けど……」

「その記事、返してくれなくていい。っていうか、持っててくれる？」

「いいけど、なんで？」

「母に、見せたくなかったから」

「……わかった。あとで、じっくり読む。そうすべきだよな」

遼は、絞《しぼ》り出《だ》すような声で言った。

「だからね、つまり、わたし、独りっ子じゃないの」

さらりと言ったつもりだった。けれど、それが成功したかはわからない。ずいぶん間が空いてから、遼が口を開く。

「……かわいかったろうな。岩井《いわい》さんのこと」

主語がなくても、貴樹《たかき》のことを言っていると、十分に伝わった。

「二つしか違《ちが》わなかったから、紺野《こんの》んとことは、違うよ」

とあえて笑う。

「岩井さんも、好きだったんだよね」

大好きだった。小さい頃《ころ》はともかく、喧嘩《けんか》もあまりしなかったし、いろんな相談にも乗ってくれる兄だった。

「でもね。……母親の愛には、勝てないんだよ」

努めて軽い調子で口にした言葉だが、その瞬間《しゅんかん》、涙《なみだ》がにじみそうになって、梨乃は慌《あわ》てた。

「…………」

「だから、……なんで、兄なんだろうって。わたしには、母を元気づける力が不足してて」

するっと言葉になった。涙が一筋《ひとすじ》流れて、慌てて手で拭《ぬぐ》う。電車の中なのに。

遼は、すっと視線をそらした。落とすのでなく、ことさら顔を上げて。梨乃は、その視線を追う。車窓の外にこんもりとした緑が見えた。電車はちょうど小さい川を渡《わた》ったところだった。石神井《しゃくじい》川だ。

「それさ、岩井さんが背負わなくて、いいんじゃないの?」

少しぶっきらぼうな言葉を吐《は》いてから、遼は梨乃に視線を戻《もど》す。視線がぶつかる。遼の柔《やわ》らかな笑顔《えがお》を見て、梨乃は泣き笑いの顔になった。

初めて、兄のことを自分から話した。遼だから、話せた。そう思いながらも、なんだか、重たいものを持たせてしまったような気がする。だから、あえて話題を変えた。

「佑香《ゆうか》さん、東京楽しめたかな」

「もっと観光したかったって」

「だよね。二日も、文化祭なんて」

「おれさあ……」

「ん?」

梨乃が顔を向けると、

「いや、なんでもない」

と、口ごもるように言って、視線を落としたが、また口を開く。

「……最近、なんか、あいつの気持ちがつかめなくて。なんか、今こんなことというの、なんだけど……」

梨乃はただ首を横に振る。

池袋《いけぶくろ》で地下鉄に乗り換えたが、梨乃も遼もただ黙《だま》って隣《となり》に立った。先刻遼が口にした言葉が浮かび、それから太一のことが頭をよぎる。

宮城と埼玉。そして、福島と東京。離《はな》れた場所で、互《たが》いが見えない日常が流れていく。


三日後。

全体練習の開始前、新しく部長になった広田尚紀《ひろたなおき》が、

「紺野は、どうした？」

と、純平《じゅんぺい》に聞いた。そういえば、朝の電車でも顔を合わせなかった、と梨乃は思った。

「学校、休んでます。福島に行ってくるって、ラインに」

梨乃ははっとなって、顔を上げる。

「なんでまた？　授業休んでまで」

と声を上げたのは帆波《ほなみ》だった。

「んなの、わかんねえよ」

「っていうか、紺野の故郷って、行けるのか？」

尚紀が問うと、純平は、さあ、という風に首を傾《かし》げ、

「あれこれ、聞くのもなあって、感じで……」

と、口ごもりながら言った時、松山《まつやま》先生が入ってきた。担任から欠席の知らせがあったのか、先生は、遼については何も言わなかった。


遼は、次の日も学校を休んだ。しかし、その翌日には、けろっとした顔で部活に現れた。けれども、朝の電車で会わなかったことに、梨乃は少し違和感《いわかん》を覚えた。翌日も、その次の日も、朝、会うことはなかった。ふと、太一が載っていた新聞を、遼におしつけるように渡《わた》したことがよみがえる。顔を合わせなくなったのは、あの後だ。もしかしたら、自分は遼にとんでもない重荷をおしつけてしまったのだろうか。


その日は、パート練習の日だった。始まる前に、音楽室で遼の姿を見かけたが、言葉は交《か》わしていない。結局、部活が終わるまで顔を合わせることはなかった。

練習時間の短い日で、終了《しゅうりょう》後、梨乃は陶子《とうこ》とともに学校を出たが、池袋に着いて埼京《さいきょう》線のホームに立つと、電車が到着《とうちゃく》する直前に、

「ごめん、先に帰って」

と陶子に告げた。

「え？」

「紺野に、話があるから、ここで待ってみる、たぶん、わたしたちの方が先に出てるはずだから」

ほんの一瞬《いっしゅん》、怪訝《けげん》そうな顔をした陶子だが、すぐに、笑顔《えがお》になる。

「わかった」

「ごめん」

「いいよ。紺野と梨乃は、なんか、特別感、あるし」

「えっ？」

「じゃあね」

陶子は、笑顔のまま手を振《ふ》って、電車に乗《の》り込《こ》む。

梨乃は階段のそばに立った。ホームに上がる階段は一つではないが、たぶん遼は、いつも上がってくる階段を使うだろう。

陶子が口にした言葉が、よぎる。

特別感……。

その相手が、ゆっくりと階段を上がってくる。ふだん、見ることのない頭を上から眺《なが》め、なんとも不思議な気になった。ああ、こんな頭をしていたのだ、と思った。日頃《ひごろ》はあまり意識しないことだけれど、頭にも個性はある。父の頭のてっぺんは、すでに少し薄《うす》い。苦労があったせいか、そういう質《たち》なのかはわからない。それに比べたら、遼の髪《かみ》からは、旺盛《おうせい》な生命力を感じる。

遼が、はっとしたように動きを止めた。ホームまで、あと数段というところだった。けれどすぐに、またゆっくりと上り始める。

「待ってた」

と、梨乃は告げた。

「そう」

遼は、気弱な表情で、視線をそらした。

おりよく、電車がやってきて二人で乗《の》り込《こ》む。

待っていたと告げたのに、何を話したらいいのかわからない。二人で、ドアのそばに立ちながら、車窓から外を見続ける。

あっという間に電車は浮間舟渡《うきまふなど》に着いた。けれど、遼は降りなかった。

「戸田公園《とだこうえん》まで、行くから」

「うん。ごめん」


梨乃は何も言わなかったが、互《たが》いにわかっているという風に、駅を出てから、荒川《あらかわ》の土手の方を目指した。前にも一度、ここで降りて二人で歩いた。あれは、コンクールの翌日で、夏の盛《さか》りだった。季節が進んで、今は秋。日没《にちぼつ》が早くなるのを実感する。

「ボート場、行ってみる?」

梨乃が聞くと、遼は頷《うなず》いた。だが、やはり口は開かない。いつもの陽気な遼とは別人のようだった。

すでに日は沈《しず》んだ後で、あたりには夕闇《ゆうやみ》がおり始めていたが、水路ではまだ多くのボートが練習をしていた。

遼が目を細めて、はるかな先を見やる。

「へえ、きれいなもんだな」

つぶやいた声は、どこかはしゃぐような明るさがある。それがかえって不自然に思えた。

「ここ、関東にある多くの大学や高校のボート部が活動拠点《きょてん》にしてるんだって。で、漕《こ》ぐだけじゃなくて、この辺で陸トレとかやってるし」

「そういや、ボートってけっこう体力いるって聞いたことある。今、すれちがった人、すげえ太股《ふともも》だった」

ことさらに明るい遼の声は、やはり耳障《みみざわ》りなほど浮《う》いて聞こえた。

水路の脇《わき》をぶらぶら歩きながら、話さなくちゃ、と梨乃は思った。誘《さそ》ったのは、自分だ。でも、どう切り出したらいいのかわからない。

途中《とちゅう》でボート場の外に出て、そのまま荒川の土手に向かった。二人ともしばらく黙《だま》ったまま、川を見下ろしていた。

「あの、新聞のことだけど……」

「ああ、お兄さんの友だちの?」

「うん。迷惑《めいわく》だったかなって。なんかよけいなこと、話しちゃった気がして」

「そんなことはない」

思いの外、強い口調で、遼は梨乃の言葉を否定した。目が合う。だが、遼はすぐに、目を上空に転じる。

「佑香がさ……」

はっとして、遼の横顔を見つめる。

「……まさかだけど、病気とか」

「あ、そうじゃなくて、元気だったよ」

「よかった。あ、別に、変なこと、考えたわけじゃないから」

「変なことって？」

「……考えたって、ことかな。ごめん」

「佑香は、検査とかで、ひっかかったこととか、ないから」

「それなら、よかった。前に言ってたことが、気になって」

子どもなんて産めない……。原発事故が今後どんな風に影響《えいきょう》をもたらすかは実際にはわからないけれど、今も、佑香はそんな風に思っているのだろうか。ほかにも、同じ思いでいる人が、たくさんいるのだろうか。

「しばらく、距離《きょり》を置こうって」

遼は、ついでのように言った。梨乃は我に返って遼を見る。しばらく、口にした言葉の意味がわからなかった。

「えっ？」

「いきなり言われて、わけわかんねえって思って。それで、会ってきた」

「……どうして」

「わかんね。おれ、あいつじゃないし」

遼はへらっと、笑った。

梨乃は、ふと、いつもいたわるような目で自分を見た、太一の顔を思《おも》い浮《う》かべた。

「不安、なのかな」

「どうだか。けど、しょうがねえのかなあ。どうしてもずれてくるし。どっちも、今住んでるのは、あの場所じゃない。だけど、県内に残っているあいつと、遠く離れた場所で暮らしてるおれとでは、見てるものが違《ちが》うから」

「うん。でも、やっぱり……あんなことさえなければ」

「そこ。佑香に言われたよ。あんなことさえなければ、あたしたち付き合わなかったかもしれないね、ってさ。やっぱおれ、振《ふ》られたのかな」

遼はまた笑った。笑うしかない、とでもいうような、悲痛な笑い声だった。

バレンタイン、被災《ひさい》……遼と佑香のことが、自分と太一のこととどこかで重なる。

「わたしね……」

自分は今、何を語ろうとしているのだろう。

「……わたしも、チョコ、あげた。同じ日に」

「えっ？」

「ちょっとの間だけど、付き合ったの。でも、その人の家《うち》ね、川の反対側で、家も無事で……」

「…………」

「わたしたちの間には、川が、たくさん、あるよね」

「川、か」

遼が、遠い目をして対岸を見つめる。川を挟《はさ》んで向き合っているのは、だれなのだろう。遼と佑香も川のむこうとこちらなのだろうか。

「チョコあげたの、あの、記事に出てた人」

「それ……友だちの、カレって……」

「うん。でも、いいヤツだし。それは、ぜんぜん、平気」

「……」

梨乃は、遼の視線に合わせるように、対岸を見た。

「紺野の家、どのあたり？」

と、聞くと、遼は黙《だま》ったまま、一点を指さす。それから、小さく笑った。

「わかんねえよな。指さしたって」

「だね。距離《きょり》、あるの？」

「十分ぐらいかな。土手から」

「わたし、時々《ときどき》、ここに来て、吹《ふ》いてた」

「おれも。中学ん時は、時々、あっちの土手で吹いた。新幹線見て、東北行くんだなって思った。連休とか、夏休みも、たまに」

五月の連休に、かすかに聞いた音。あれは遼だったのかもしれない。

「正直、自分の気持ちがわからなくなって。だから……」

目が合った。遼は、気弱そうに視線をそらした。

「ばかだよな、おれ」

「そういう言い方、らしくないよ」

「らしくないって？　わかんねえだろ、おれのことなんてさ。おれも、わかってねえから、何も」

遼は少し声を荒《あら》らげた。

「紺野……」

「ほんと、ばか。いろいろ。大変だったよ、おれだってさ。けど、同じじゃねえんだよ。わかってなかった」

「そんなこと！　だれがなにをわかってるって言えるの？　紺野のせいじゃないでしょ」

「それ、岩井さんに言われたら、おれ、自分殴《なぐ》りたくなる」

押《お》し殺《ころ》すような言葉。応じる言葉が浮《う》かばなかった。兄のことは、遼には関係ない。だいいち、不幸の多寡《たか》なんて、量れるものではないではないか。とはいえ、それがわかっていない遼ではないはずだ。そんな思いで遼を見る。目が合う。だが、遼の視線は、すっと横にそれた。しばしの沈黙《ちんもく》の後、遼の口からかすれた言葉がこぼれた。

「……だから、考えないと。考えないとだめなんだ、一人で」

何か言わねばと思うのだが、どうしても言葉が出てこなかった。それきり、遼も梨乃も黙《だま》り込《こ》む。やがて、梨乃は小さく息を吐《は》き、ゆっくりと踵《きびす》を返す。その動作に誘《さそ》われるように、まず遼が歩き出して、来た道を戻《もど》った。

十

季節はゆっくりと移り変わっていく。今年は例年より早く、ハロウィーンの少し前に、木枯《こ が》らし一号が吹《ふ》いた。十一月ともなると、すっかり日が短くなり、部活を終えて帰途《きと》につく頃《ころ》には、すでに暗くなっている。

遼《りょう》はずっと梨乃《りの》のことを避《さ》けていた。梨乃だけではない。他の部活仲間に対しても、薄《うす》くて透明《とうめい》なバリアを張っているように感じた。表向きは明るく振《ふ》る舞《ま》っていても、これまでとは何かが違《ちが》っていた。

吹奏楽部《すいそうがくぶ》では、クリスマスコンサートの練習に励《はげ》んでいた。曲目は、文化祭で演奏したのと同じ曲もあるが、初めて取り組む曲もあった。

クリスマスにちなんでということで、クリスマスソングなども曲目に含《ふく》まれる。毎年のコンサートでは、楽器紹介《しょうかい》コーナーがある。一曲をいろんな楽器のソロ演奏でつなぐのだ。その曲目として、例年、「サンタが街にやってくる」が使われる。

三年生が引退した今、人数は少なくなったが、二年生との関係も良好で、梨乃は懸命《けんめい》に部活に励んでいた。遼のことは気がかりだったが、それでもこんな風に部活をやれることが嬉《うれ》しかった。

サックスパートは、テナーを担《にな》う拓斗《たくと》と、梨乃だけだ。やはりセカンドのアルトがほしいので、来年は、一年生をスカウトしたいと思った。未来の後輩《こうはい》のために、もっと力をつけたい。梨乃は、三十分早く登校して、朝練習に励んだ。あくまで自主練習だけれど、いつしか仲間が増えて、今や毎日、五、六人の一年生がやってくる。けれど、その中に、遼の姿はなかった。

「紺野《こんの》は、来ないの？」

純平《じゅんぺい》に尋《たず》ねる声が耳に届く。

「うん。声はかけてみたけど。おれは、いいやって」

あの日以来、梨乃は遼と話してはいない。部活の時になど、目が合っても、さりげなく顔を背《そむ》けられてしまう。

日々《ひび》練習に励《はげ》む中で、手応えは感じていたものの、やっぱり、中学から吹奏楽部《すいそうがくぶ》だった部員には、まだ追いついていない。三年生を欠いたクリスマスコンサートの舞台《ぶたい》を不安がる梨乃に、拓斗も部長の尚紀《なおき》も、

「アットホームなイベントだから。アンサンブルコンテストまでの度胸だめしと思ったらいいよ」

と口々《くちぐち》に励《はげ》ましてくれたけれど。

年明けのアンサンブルコンテストで、グループごとに演奏する曲目も決まった。梨乃は、拓斗とアルトサックスの二重奏をやることになっている。

ある全体練習の日。

「今日は、好きな場所に座《すわ》って演奏するということをやります」

と、顧問《こもん》の松山《まつやま》先生が言った。日頃《ひごろ》のパート割りの場所ではなく、違《ちが》う楽器のそばで吹《ふ》いてみる、ということのようだった。音を聴《き》く練習の一環《いっかん》だという。どこへ行こうかとうろうろしているうちに席が埋《う》まり、梨乃は残されていた場所へと向かう。隣《となり》に、遼が座《すわ》っていた。目が合いそうになって、すっとそらされた。

こんな風に、隣でトロンボーンの音を聴くのは初めてだった。同じ楽器でも音色が様々《さまざま》で

あることは、吹奏楽部に入って、否が応でも理解することになったが、今、隣から聞こえてくる音色は、妙《みょう》に梨乃の感情をざわつかせる荒々《あらあら》しさがあった。遼の音は、こんなだったろうか。といって、音を外しているわけではないし、雑に吹いているわけでもない。ところが、曲が変わるとまた音色が変わる。今度は、すっと心に染《し》み込《こ》むようなまろやかさがある。ただ、どちらも、どこか遼らしくない気もする。それはそのまま、遼の迷いや戸惑《とまど》いが表れているようでもあった。

隣にいながら、遠いところで吹いている遼に、どうしたら、寄《よ》り添《そ》えるのか、そう思いながら、梨乃は思い切り吹く。

——ねえ、聞こえてる？　わたしの吹く、音……。

日頃《ひごろ》、帰宅が十時過ぎになることの多い父が、珍《めずら》しく早く帰ってきた。平日に一家三人で夕食を取るのは久しぶりのことだった。

「高校はどうだ？」

「まあまあ、かな。部活、楽しいし」

「吹奏楽部か。おまえは小学生の時から、やりたいって言ってたな」

「覚えてたの？　父さん」

母はまったく覚えていなかったのに。

「そりゃあ、覚えてるよ。おれも、中学の時、吹奏楽部《すいそうがくぶ》だったから」

「うそぉ、初めて聞いたよ」

「身体《からだ》が大きかったから、チューバをやらされたよ」

「希望楽器じゃなかったんだ」

「やっぱりトランペットなんかの方が、華《はな》やかだろ」

と、父は笑った。

「でも、かっこいいよ。チューバも」

部活でチューバを吹《ふ》いているのは、新しい部長の尚紀で、低音の要《かなめ》だ。

「どの楽器にも、それぞれの魅力《みりょく》があるものさ」

そんな二人の会話を、母は穏《おだ》やかな表情で聞いている。父がいることで、母の気持ちも少し落ち着くのだろうか。梨乃もまた、父がいると、ふだんよりは子どもでいられる気がする。

和《なご》やかな食卓《しょくたく》だった。

自室で宿題をすませてからリビングに行くと、風呂《ふろ》から上がった父が、ソファに座《すわ》ってビールを飲んでいた。

「母さんは？」

「風呂」

梨乃は、父のそばに座って、ぽつりと告げた。

「母さん、昨日は調子悪そうだったんだ」

「……十一日、か」

「うん。お兄ちゃんのこと、好きだったから」

「守ってやれなかった、という思いが強いんだよ」

それだけだろうか。梨乃は、親がどの子も同じようにかわいいなんて、嘘《うそ》なのではないかと思う。親子とはいえ、相性《あいしょう》だってあるはずだ。

「っていうか、やっぱり母親って、息子《むすこ》がかわいいっていうじゃん」

冗談《じょうだん》めかして、口にしてみた言葉を、父親は言下に否定した。

「そんなことはないよ」

「つまり、父親は娘《むすめ》がかわいいわけじゃないって？」

父がふいに真顔になった。

「なあ、梨乃。父さんに死んだ弟がいたことは、知ってるだろ」

「うん」

父は、男ばかりの三人兄弟の真ん中だった。叔父《おじ》に当たるその人は、父より二つ年下で、梨乃が生まれる十年以上前に亡《な》くなったはずだ。

「そう。高校生の時、事故で、な。母親、おまえのおばあさんは、それは嘆《なげ》いてな。頭もよくて、親孝行ないい子だったって」

「……優秀《ゆうしゅう》だったの？」

と聞くと、父は切なそうに笑った。

「おれも、つらかったよ。仲のよい弟だったし。だけど、おれは思うんだ。早死にしたことは気の毒だが、親孝行だったとは言えないだろ。おれや兄貴の方がずっと親孝行だってな。兄弟でいちばんできがよかったのは、兄貴だし」

「…………」

「不憫《ふびん》だと思うほどに、いい子になるんだ。だが、おれたちには、もう梨乃しかいないんだよ。幸せになってほしいと願えるのも、梨乃だけなんだ」

父が、梨乃の頭に手を置いて、ぐしゃぐしゃとなでつけた。こんな風に父と二人で話したのは、何ヵ月ぶりだろう。

「もう、髪《かみ》が乱れる！」

と、父の手を払《はら》いながら、目頭《めがしら》が熱くなった。


街のそこここに、クリスマスイルミネーションが点灯し始めていた。

そんなある日の部活後、一年の女子だけで、最寄《もよ》り駅近くにある甘味喫茶《あまみきっさ》に寄った。声をかけたのは、帆波《ほなみ》で、

「やっぱ、寒いし、お汁粉《しるこ》だよね」

と、陶子《とうこ》が応じた。結局、同期の女子六人全員で行くことになった。

「一年女子全員で寄り道するのって、初めてだね」

木製の大きなテーブルに陣取《じんど》った後で、それぞれがお汁粉やらあんみつやら、注文を決めていく。

「わあ、どうしよ、迷うなあ。お汁粉もあったかくていいけど、あんみつも捨てがたい」

梨乃は、写真つきのメニューを見ながら、なかなか決められずにいた。

「梨乃ぉ、いつまで迷ってるの？　夜が更《ふ》けるよ」

茶化《ちゃか》すような陶子の言葉に、

「うーん、じゃあ、やっぱりお汁粉《しるこ》にする」

と、ようやく決めて、店員に告げる。

ほどなく、注文したものが、それぞれの前に置かれた。クリームあんみつを頼《たの》んだ真彩《まあや》が、寒天をスプーンに載《の》せてから、梨乃を見て言った。

「寒天、分けてあげようか」

「寒天いらない。クリームほしいな」

「クリームは、あげない」

真彩はクリームをすくって、わざとらしく梨乃の目の前に見せつけてから、口に運んだ。

「けち。でも、お汁粉の方が、正解だよね。お餅《もち》入ってるし。思い切り吹《ふ》くと、お腹空《なかす》いちゃって。ほら、わたし、最近、ロングトーンも続くようになったでしょ」

「自分で言うか？」

帆波があきれ顔で言ったが、すぐに、

「まあ、お腹が空くほど、熱心にやってるのは、認める。梨乃、うまくなったよ」

と続けると、ほかのメンバーが一様に頷《うなず》いた。女子で未経験だったのは梨乃だけで、「高校から始めるなんて勇気がある」と帆波に言われたことがあった。あれは皮肉が混じっていたと思う。その後も、厳しい言葉を投げられた。そんな帆波の褒《ほ》め言葉が、梨乃は素直《すなお》に嬉《うれ》しかった。しかし、

「最初の頃《ころ》、帆波、怖《こわ》かったもんね」

と、わざとらしく横目で見て言った。

「ええ？　あたし、やさしいじゃん」

「どこが？　陶子や、真彩はやさしいけど」

「うわ、けっこう言うね」

「マジ、落《お》ち込《こ》んだもん。でも、そのおかげでがんばれた。だから、帆波のおかげ」

「ほんと？」

梨乃は、つんと横を向き、指を一本立てて横に振《ふ》る。

「ノー、ノー。先輩《せんぱい》がよかったからです」

「ああ、たしかに。詩緒《しお》先輩《せんぱい》、最高だよね」

陶子の言葉に、帆波までが同意した。

「ほんと、きりっとしてるけど、包容力あって」

その詩緒にいちばん薫陶《くんとう》を受けたと思うと、梨乃は少し誇《ほこ》らしい思いがした。

「ねえ、この前の練習、面白《おもしろ》かったね。好きな場所に座《すわ》ってっていうの」

「そうそう。あんな練習、ありなんだなって思ったよ」

みなが頷《うなず》いたので、梨乃も合わせるように頷いたが、全面的に同意はできなかった。遼の音を聴《き》くのが、少しつらかったのだ。

「あたし、金管に挟《はさ》まれちゃって、でも面白かった。隣《となり》が、純平《じゅんぺい》で、あいつの音色、けっこう好きだなって思った」

陶子が言うと、すぐに真彩が反応《はんのう》した。

「あ、なんかわかる気する。陶子と合いそう。付き合っちゃえば？」

「音の話でしょ。あたしにだって、選ぶ権利、ある」

「長尾《ながお》、いいヤツだよ」

「それ言ったら、うちの男子部員、けっこうみんないいヤツだよ」

「一年の男子は、イマイチ、リーダーシップないけどね」

「そう、一年後は、ぜったい部長は女子だよ」

会話はぽんぽんとはずみ、どの顔にも笑《え》みが広がっている。

突然《とつぜん》、

「あたしはやっぱ、尚紀先輩《せんぱい》！」

と、まるで何かを宣言でもするかのように、帆波が言って、みんなの視線を集めた。

「何それ？　いきなり、告白？　帆波、広田《ひろた》部長のこと、好きなの？」

「わかんない」

「わかんないって、こっちがわけわかんないよ。断言しといて」

「だってさ、一緒《いっしょ》に練習するじゃん？　その時、すっごい一体感あって、ずっと弾《ひ》いてたいなって。……でもさあ、我に返ると、ニキビとか気になって。時々《ときどき》、髪《かみ》もはねてるし。正直、わかんない。けど……クリスマス、デートするかも」

帆波はかすかに頰《ほお》を染めた。

「要するに、コクられたってこと？」

「まあ、そうかな」

ひとしきり帆波をいじった後で、真彩がため息をつく。

「わたし、詩緒先輩《せんぱい》が男の人だったら、惚《ほ》れたかも。あの音色……」

「あ、それはわたしが先だから」

梨乃が言うと、

「梨乃は、紺野と合いそう」

と、真彩が言った。

「えっ？」

木のスプーンを持った手が止まった。そんな梨乃には気づかずに、真彩は言葉を継《つ》ぐ。

「音の話じゃなくて……。梨乃と紺野の間には、なんか通うものがあるなって。あたし、付き合ってるのかと思ったもの」

「そうそう、二人で向き合ってる時、なんか、声かけづらいって思ったことある」

「あ、それ、なんかちょっとわかる」

と口々《くちぐち》に言われ、反応《はんのう》に困っていると、陶子が、慌《あわ》てたように口を挟《はさ》む。

「そんなこと、だって、紺野には、付き合ってる人、いるんでしょ」

「ああ、婚約者《こんやくしゃ》ね。だけど、あたしたち、まだ十六だし。婚約者なんて。まあ、美湖《みこ》のユーワクに負けなかったんだから、紺野の意志は固いのかもしれないけどさ」

帆波が少しわざとらしく、肩《かた》をすくめるようなしぐさをした。噂《うわさ》の婚約者と遼は今、距離《きょり》を置いている。そのことは、おそらく梨乃以外、だれも知らないだろう。

「梨乃は、どう思ってるの？」

そう聞いた真彩の言葉は、決して興味本位のものでないことはわかった。その時ふと、自分の心の窓がかすかに開いていくような、そんな気がした。

「あのね。わたしと紺野は……」

梨乃が言いかけると、みな、乗り出すようにして一斉《いっせい》に梨乃を見た。

「……わたし、中一の二学期から戸田《とだ》なんだけど、その前に、あの大震災《だいしんさい》の時、家が津波《つなみ》でだめになった」

「うそっ……」

「でも、それ、言いたくなかったんだ、ここで。中学の時、変に同情的に見られて。それがつらくて。東北から来た被災者《ひさいしゃ》なんだって思われたくなくて。だから、紺野には、最初、すごい反発があって。あんな風に、同情上等って感じでカミングアウトして。でも、ある時、紺野に知られちゃったの。それで……。紺野が、文化祭で、譜面台《ふめんだい》、倒《たお》したでしょ。あれ、わたしがパニックになりかけたから」

えっ？　という風に、顔を見合わせているのを見ながら、梨乃は静かに言葉を継ぐ。

「ちょうど、大地震《おおじしん》の時刻の一分前で、それを見ちゃったところに、音合わせの音が重なって……たぶん、紺野は、わたしを後ろから見て、様子が変だってわかったみたいで」

「もしかして、最初の全体練習の時も?」

陶子が遠慮《えんりょ》がちに聞いた。あの時のことを覚えていたのだ、と思って陶子を見る。

「……うん。重層的な音のボリュームに、なんだか……、別に、震災《しんさい》の時、ああいう音を聞いたわけでもなんでもないんだけど、リズムもメロディーもない、お腹《なか》に響《ひび》くような音に包まれているうちに、なんでか、記憶《きおく》がよみがえってしまって。急に目の前が真っ暗になっちゃって、焦《あせ》った」

「そんなこと、あったっけ?」

という帆波に、陶子がまた口を開く。

「今の梨乃の言葉で、思い出した。詩緒先輩《せんぱい》が、顔色悪いけど、って、心配そうに見てた。あたしも大丈夫《だいじょうぶ》かなって思ったけど、すぐに落ち着いたみたいだったから」

「それからも、チューニングの時、息苦しくなることがあって。いつもいつもってわけじゃなかったけど」

「そっか……。あの震災の時はさ、あたしもけっこう怖《こわ》い思いしたけど。……ぜんぜん違《ちが》ったんだろうな」

真彩がかすかに眉《まゆ》を寄せた。

「津波で兄が亡《な》くなった。そのことも、紺野には話した」

ふいに、陶子の瞳《ひとみ》から、すっと涙《なみだ》が流れた。そのことに、梨乃は少しうろたえた。

「ごめん、つらかったの、梨乃なのに」

梨乃は首を横に振《ふ》った。陶子の涙は、すんなりと心に入ってきた。これも、同情なのだと思っても、そこに不快なものは、なかった。

「いいよ、もう、話さなくても」

真彩が、そっと梨乃の腕《うで》をつかんだ。

「うん。でも、大丈夫。わたし、六年生の頃《ころ》から中学生になったら、吹奏楽部《すいそうがくぶ》に入ろうと思ってた。ところが、小学校卒業直前で、あれでしょ。で、ごたごたして……。だから、四年越《ご》しの夢だった。入れてよかった。みんなとやれて。高校に入る前は、知らなかったメンバーと、こうしてお茶したり……すごく嬉《うれ》しい」

「あたしたちが、こうしてるの、偶然《ぐうぜん》だけど、偶然じゃないんだよね。あたし、今の部活、気に入ってる。そりゃあ全国目指すとか、遠いけどさ。縁《えん》があって、出会ったんだよ、あたしたち」

陶子が、まだうっすらと涙《なみだ》を浮《う》かべながら、言った。

「けど、陶子も、案外かわいいとこある」

帆波が茶化《ちゃか》すように言うと、陶子は帆波を殴《なぐ》るまねをしてから、手で涙を払《はら》って笑顔《えがお》を作る。すると、真彩が、

「じゃあ、今さらだけど、梨乃の四年越《ご》しの夢に、乾杯《かんぱい》しよ」

と言って、お茶の入った湯飲みをかちりとぶつけ合った。カンパーイ、と、少し大きな声を出してから、梨乃は一口お茶を含《ふく》む。それから、部活仲間を見渡《みわた》して、

「ありがとう。わたしのために。で、今日はだれがわたしに奢《おご》ってくれるの？」

と言った。一瞬《いっしゅん》、きょとんとなったみなの顔を見て、

「やだ、冗談《じょうだん》に決まってるでしょ」

と笑う。その笑いが伝染《でんせん》するように、くすくす笑いが広がった。

話せないことは、たくさんある。話しても通じないと思うことも。それでも、こんな風に過ごせることが、ありがたかった。

梨乃はまた口を開いた。

「でね、わたし、決めた」

とまた笑いが包む。けれど、梨乃の決意の中には、ささやかな秘密《ひみつ》が隠《かく》されている。それは、「黒いオルフェ」を吹《ふ》いてみよう、ということだった。詩緒のようには吹けないことはわかっている。でも、みんなで吹く曲ではなく、自分なりに一人で吹く曲として、まずは、あの曲にチャレンジしてみようと思ったのだ。

「なんだよ、それ」

「部活、がんばる」

「何を？」

駅でみなと別れて、陶子と二人になった。

「ごめんね、いきなり、あんな話して」

陶子が静かに首を横に振《ふ》った。

「でも、わたし、陶子と一緒《いっしょ》に、吹奏楽部《すいそうがくぶ》に入って、ほんとによかったって、思ってるよ。クラスよりも、部活仲間の方が気安いし」

「わかるよ。同じ目標でがんばってきたから。あたしも、同じ」

「だから、もうちょっと素直になりたいって思ったんだ。でも、それは……やっぱり、紺野のおかげかも」

陶子はくすっと笑った。

「最初、避《さ》けてたよね。なんでかなって。けど、それが今日、わかった」

「うん。紺野に知られたのは、コンクールの日。中学時代の知り合いが、紺野の中学時代の部活仲間と同じ高校で、コンクールの会場で会っちゃって……」

「そんなことがあったんだ」

「その子が、紺野のいる前で、わたしが宮城から震災《しんさい》で引《ひ》っ越《こ》してきたこと、口にしたの」

「………」

「悪気はないのはわかってるんだけどね。かわいくて人気者で。中学時代、いちばん最初に声かけてきて、親切にしてくれたけど、苦手だった。わたし、その子を避けるために、志望校変えたし。もちろん、緑野《みどりの》に決めたのは、それだけじゃないけど」

「わかる気がする。ふつうにしていたかったんだよね」

「今日は、なんだかすっきりしたよ。なんていうか、肩《かた》が軽くなったみたい」

言いながら、梨乃は一、二度肩《かた》を上げてみせた。

「あたしは、話してくれて、嬉《うれ》しかった。あの地震《じしん》は……自分にとっても、忘れられないことだし。でも、ずっとハードな体験したんだな、梨乃は。あたしなんかが、想像できないくらい。けど……」

「ん？」

「紺野が、知ってたと思うと、やっぱちょっとだけ、悔《くや》しいかも」

そう言いながらも、陶子は軽《かろ》やかに笑った。

「ごめん」

「冗談《じょうだん》だよ。わかってるから。でも……」

「でも？」

「純平がね、ちょっと心配してる」

「紺野の、こと？」

陶子は小さく頷《うなず》いた。

「あたしもね、なんか、迷ってるのかなって。前はもっと思い切りよかったでしょ。音の話だけど」

「そっか」

表向きは、前と変わらずに明るく振《ふ》る舞《ま》っている遼だけれど、多くの部員が、以前とはどこか違《ちが》うと感じているのかもしれない。

「なんかね、純平たちを置いて、さっさと一人で帰っちゃうらしいよ。何か聞いてる？」

梨乃は首を横に振《ふ》る。

「最近、朝、ばったり会うことも、ないから」

もうずいぶんと顔を合わせていない。今頃《いまごろ》、遼はどこで何を考えているのだろう。


甘味屋《あまみや》に寄った日から一週間ほど経《た》った昼休み、梨乃と陶子が向き合って談笑《だんしょう》しながら弁当を広げているその前に、美湖が立った。

「岩井《いわい》さん」

梨乃は顔を上げる。美湖は、硬《かた》い表情で梨乃を見下ろしていた。

「何？」

美湖には、近づきすぎないようにしてきた。以前、何度か地下鉄のホームで顔を合わせたが、最近は、自主的な朝練のため、登校時間を早めたので、会うこともなくなっていた。

その美湖が、いったいなんの話だろう。ずいぶん間を置いてから、神妙《しんみょう》な顔で声を押し出《おだ》すようにして、美湖が口を開いた。

「ごめん。わたし、何も知らなくて」

「何も、って？　何？」

「わたし、鈍感《どんかん》だな、ほんと。紺野君と、岩井さん、なんか通うものがあるって、どこかで感じていたのに、直視しようとしなかったんだね。認めたくなかったんだ」

「よく、わからないんだけど」

「つまり……岩井さんが、つらい思いをしたこと」

「なんで、横手さんが、知ってるの？」

陶子が口を挟《はさ》む。思わず問いつめるようになってしまい、美湖が少したじろぐように目を泳がせた。

「……帆波に、聞いた」

「なんで、しゃべっちゃうんだろ」

陶子の口調には、怒気《どき》が混じる。

「いいよ、陶子。口止めしたわけじゃないんだから」

梨乃は、陶子と美湖の顔を順繰《じゅんぐ》りに見ながら、笑った。そう、もう隠《かく》してはいない。

「わたし、知らずに、岩井さん、傷つけてた。もっと遠い親戚《しんせき》のことなんか口にして」

「それは、知らなかったんだし。気にしなくていいよ」

教室内には、そう多くの人が残っていたわけではなかったが、泣きそうな顔で美湖が立つ姿は、やはり人目を引くようで、話し声が大きいわけではないのに、何人かはしっかり耳をそばだてている。

やがて、午後の始業を告げるチャイムが鳴って、美湖は自席に戻《もど》っていった。

放課後、音楽室で帆波をつかまえた陶子が、問いつめた。

「なんで、横手さんに、梨乃のこと、話したの？」

「美湖にって……あの子、梨乃に、なんか言ったの？」

「いきなり、あたしたちの前に来て、泣きそうな顔で、何も知らなくてごめんって」

「あちゃー！」

帆波は頭を抱《かか》えた。それから、梨乃に詫《わ》びながら話したことによると、美湖に、梨乃と遼はどういう間柄《あいだがら》なのかと聞かれて、つい口をすべらせてしまったのだという。

「自分には打ち解けてくれないのに、梨乃とは親しく話してたとか言うから。それで、二人の間には特別な友情があるんだって……。ほんと、ごめん。けど、直接梨乃に何かを言うほど、無神経だと思わなかった」

帆波が手を合わせて必死に謝《あやま》るので、梨乃は、つい笑ってしまった。

「もう、いいって。なんか、いろんな意味で、ほっとしてる。悪気がないことも、わかってるし」

「だからって無神経、相殺《そうさい》できない。っていうか、自分の不注意、棚《たな》に上げてるけど。梨乃は、ふつうに高校生活、送りたかったんでしょ。変な同情買わずに」

帆波が唇《くちびる》をきゅっと結んだのを見て、梨乃は口を開く。

「でも、頑《かたく》なに触《ふ》れまいって思うのも、不自然だったんだよ。横手さんが、いいきっかけを作ってくれた。それにさ、みんなふつうじゃん。今までと変わりないでしょ、わたしが何を話そうと。自分が警戒《けいかい》して、構えてたんだよね。だから、わたし、よかった。吹奏楽部《すいそうがくぶ》に入って。陶子や、帆波と、友だちになれて。ちゃんと、高校生活が楽しめて。っていうか、中学だって、楽しいこともいろいろあったんだよね」

ふと、教室の隅《すみ》で、大笑いをした記憶《きおく》がよみがえる。何に笑ったのかは忘れたが、あの場所には紅実《くみ》もいた。一緒《いっしょ》に笑っていたのだ。

十一

梨乃《りの》が、大震災《だいしんさい》の被災者《ひさいしゃ》であり、兄を失っていることは、少しずつ、クラスの間に広がっていた。遠慮《えんりょ》がちに大変だったね、と言ってくる者もいるが、それはほんの一握《ひとにぎ》りで、ほとんどの生徒はあえて触《ふ》れることもない。それでも、どことなく態度がぎこちない。とはいえ、梨乃は、中学時代のような息苦しさを感じることはなかった。

自分には、陶子《とうこ》という友人がいる。吹奏楽部《すいそうがくぶ》という場もある。そこにはともに活動する仲間がいる。

美湖《みこ》に声をかけられてから二、三日たった日の夜。スマホの画面がラインの着信を示《しめ》しているのを見て、梨乃は慌《あわ》ててチェックした。

吹部《すいぶ》の女子たちに話したって？

遼《りょう》からだった。

スマホを通しての文字でしかないが、それは久しぶりに触れた遼の言葉で、しばらくはそのことがピンとこなくて、何度もアイコンを確認してしまった。

もう、どれだけ間近で顔を見て話していないだろう。省略の多い言葉には、主語も目的語もない。けれどそれは、書かなくてもわかることなのだ。


大丈夫《だいじょうぶ》？


うん。みんなで、お汁粉《しるこ》食べながら。

クラスの子たちにも伝わった。


ありがとう。

少し、ほっとしてる。

遼から届いたのは、たった二つの短い言葉だった。

画面の文字を見ながら、言葉に乗せた声を、頭の中で再生させる。「大丈夫《だいじょうぶ》？」という、遼の声が聞こえた。


二学期の期末試験が終わった。試験の間は、部活が休みになるので、梨乃も、陶子以外の部員と顔を合わせることはなかった。

数日ぶりに活動を再開した日、遼は欠席だった。部活の後で、池袋《いけぶくろ》に向かう電車の中で、それとなく純平《じゅんぺい》に聞くと、

「用事があるって」

という話だった。

「今の時期に休むって、どういうこと？」

陶子が眉《まゆ》を寄せると、純平が、だれにも言うなと断って、

「ひいきにしてるバンドの、ライブを見に行った。トロンボーンの奏法、どうしても間近で見たいって」

「なんか、微妙《びみょう》だね」

か。

と、陶子が肩《かた》をすくめた。賛成はできないけれど、反対もしきれない、というところだろう

試験が終わって数日後、また十一日が来た。

今日の母の様子はどうだろうかと案じながら、梨乃は玄関《げんかん》を開ける。

「ただいま」

と、声をかけながらリビングに顔を出すと、案外しっかりとした声が帰ってきた。

「お帰り。今日も遅《おそ》かったね」

母は編み物の手を止めて、顔を上げた。

「だって、クリスマスコンサートの直前だもの」

母の表情が穏やかだったので、梨乃の口調からも硬《かた》さがとれた。母の手元を見るとレース糸ではなく、少し太めの毛糸を使って編んでいる。

「ご飯、ちょっとだけ待ってね。切りのいいところまで編んじゃいたいの」

梨乃は、うんと、頷《うなず》きながら、チェストの上に置かれた兄の遺影《いえい》に目を向ける。すぐそばに、小さな鉢《はち》の花があった。淡《あわ》いピンク色をしている。

「これ、ポインセチア?」

「プリンセチアっていうんですって。かわいいでしょ」

母は、ほんの少し口元をほころばせる。

「うん。じゃあ、これも、花じゃなくて葉っぱなんだね」

ポインセチアの赤が、花じゃないと梨乃に教えたのは、兄の貴樹《たかき》だ。震災《しんさい》の何年も前のことだ。

「そうね。貴樹が、得意そうに、あなたに説明してたっけ」

「覚えてるよ」

「梨乃は、嘘《うそ》だあ、お花だよって言ったのよ」

「ああ、それは、忘れてる。でも、クリスマスの少し前だったよね」

「そう。ツリーの飾《かざ》りつけをしていた時だったもの」

そのツリーも、なくなってしまった。

「コンサートでは、クリスマスソングもやるんだ。それで……」

母がまた、何? という風に顔を上げた。コンサートを聴《き》きに来ないかと、結局は口にできなかった。

「ううん、なんでもない。編み物って、不思議だね。たった一本の糸で。……線が、面になるんだ」

「立体にだって、なるわよ」

母は少し声を立てて笑った。

十一日に、これほど穏《おだ》やかな母の声を聞いたのは、ずいぶん久しぶりのような気がした。今しがたの会話を反芻《はんすう》しているうちに、「大丈夫《だいじょうぶ》だからね」という母の言葉がよみがえった。二人で高台に避難《ひなん》した時のことだ。同じ言葉を繰《く》り返《かえ》しながら、母は梨乃の肩《かた》を抱《だ》いていた。


11日だね。

今日は、いつも、具合《ぐあい》が悪くなる母が、わりとしゃんとしてた。

そのことをだれかに言いたくなって……。


それは遼に宛《あ》てた言葉だった。しかし結局、打《う》ち込《こ》んだ文字を消した。

梨乃はただ心の中で呼びかける。

──あれから、三年九ヵ月だね。ついこの間のようにも、遠い昔のようにも感じるけれど、あなたはどう？　今、何を考えてる？

立ち上がって、窓を三十センチほど開ける。とたんに冷気が入《はい》り込《こ》む。それでも、顔を外に出すようにして、外を見る。窓は南側なので、荒川《あらかわ》は、この先を東に流れていることになる。荒川の対岸に住む遼に向けて浮《う》かべた言葉が、空を飛んでいってくれればいいのに。

翌朝、梨乃は登校前に、荒川の土手に行った。空を見上げる。空は雲に覆《おお》われて、日差しはない。さほどの冷え込みはなかったが、北寄りの風が頬《ほほ》に冷たく感じた。対岸を見つめながら、梨乃はしばし立《た》ち尽《つ》くす。

その翌日、遼はまた部活を欠席した。

「紺野、どうかしたの？　クリスマスコンサートがすぐせまってるのに」

と、明らかに非難めいた口調で、帆波《ほなみ》が純平に聞いている。

「口内炎《こうないえん》ができたから、しばらく、吹《ふ》けないって」

「ほんとなの？」

「おれに聞くなよ」

鼻白んだような口調に、梨乃は、ふと、口内炎は嘘《うそ》かもしれないと思った。ほかならぬ純平自身が、そう感じているという気もした。

「まさか、辞《や》める気じゃないよね。ああだこうだと、理由つけて休み出す時って、退部の前兆だよ」

帆波の言葉を聞いて、梨乃はなぜか、胸に鈍痛《どんつう》を感じた。辞める？ まさか。

「そんなわけねえだろ。あれで、けっこう、トロンボーンばかなんだから」

純平の声にも怒気《どき》がこもる。それは、帆波に向けたものではなく、遼に向けたものなのかもしれない。といって、遼に腹を立てているのではなく、おそらくは、もどかしいのだろう。

それは、純平だけの思いではないはずだ。それでも、みんなが遼を待っているのだ。

――わたしも、待ってるから……。

十二

数日部活を休んだ遼《りょう》は、けろっとした顔で音楽室に現れた。その日は、コンサートが直近だったので、当然全体練習だった。

「口内炎《こうないえん》、よくなった？」

皮肉交じりの帆波《ほなみ》の言葉に、

「痕《あと》、見たい？」

と、いきなり口を開けると、唇《くちびる》に指をかけてひっぱった。

「ばかじゃないの？」

遼をにらみつける帆波も、やりとりをおかしそうに聞いていた部員たちも、ほっとしたような表情を浮《う》かべている。トロンボーンの二年生は、あえて険しい顔を作って、

「ガキじゃねえんだから、食《く》い過ぎるなよ」

などと口にしたが、おそらく、多くの部員が口内炎は口実だと思っているのだろう。

クリスマスコンサートが行われるのは、学校から二キロほど離《はな》れたところにある区民センターのホールだった。

客席の入りは、満席とはいかないが、ＯＢやＯＧ、クラスメイト、部員の家族などで、半分以上の席は埋《う》まっていた。詩緒《しお》たち三年生も、受験を控《ひか》えているのに全員が来てくれていた。

オープニング曲は、「きよしこの夜」。その後で、部長の尚紀《なおき》がマイクを握《にぎ》り、ジョークを交えながら、メンバーと担当楽器の紹介《しょうかい》を行った。

ユーフォニアムの二年生が、

「まあ、こういうのも、人数があまり多くないからできることだけどね」

と、小声でささやくのが、梨乃《りの》の耳に届いた。

「では、これから『サンタが街にやってくる』を演奏します。ソロで吹《ふ》く時には、立ち上がりますので、ご家族や友人のみなさん、拍手《はくしゅ》を忘れずに」

尚紀の言葉に、客席から温かな笑いが起こった。

最初に、フルートの真彩《まあや》が立ってスポットライトが当たる。次に、クラリネットの三人が立ち上がり、ハーモニーを築きながら、引き受ける。主旋律《しゅせんりつ》を吹いているのは、ファーストクラの陶子《とうこ》だった。まろやかないい音だ。

次にオーボエが立った。そして梨乃はその後だ。

梨乃は、この日のコンサートに、両親を誘《さそ》わなかった。梨乃のために、ここに足を運んでくれた家族は、いない。

それでも、ここに立ててよかったと思う。

ソロパートが終わって、梨乃が座《すわ》る。その時、客席の左手の後列から真っ先に拍手《はくしゅ》が起こった。そっと目を向けた時、美湖《みこ》の姿が目に入った。隣《となり》に妃津留《ひづる》もいた。そしてほかに十人以上のクラスメイトが、笑顔《えがお》で拍手してくれていた。

トロンボーンの番が来た。遼は、立ち上がっただけでなく、前に歩み出て、身体《からだ》を大きく揺《ゆ》さぶりながら、舞台《ぶたい》の前を歩き回った。音量が大きく、音は割れ気味で、荒波《あらなみ》に向かって吹《ふ》いているようだと、梨乃は思った。

遼のソロが終わった時、客席を見つめていた梨乃の目に、小学生ぐらいの女の子が、一生《いっしょう》懸命《けんめい》拍手しているのが、目に入った。隣には、中年の女性が座っている。もしかしたら、遼の家族なのかもしれない。

それぞれが、いい演奏をした。あえて大音量で演奏をした遼も含《ふく》めて、部員たちの思いが込《こ》められていた。

その日は、文化祭でも演奏した「A列車で行こう」、「学園天国」などの曲目の後、ジブリメロディーにつなげた。そして最後は、「ホワイトクリスマス」で締《し》めた。舞台を照らす青と白の照明が、雪化粧《ゆきげしょう》した夜の風景を思わせる。目の裏に、過去のクリスマスの日が浮《う》かぶ。子どもたちのために早く帰宅した父と、母と、兄。ライトが点滅《てんめつ》するクリスマスツリー。赤いポインセチア……。

「ホワイトクリスマス」でも、トロンボーンが目立つところがあった。先ほどと打って変わって、遼はやさしい音色を響《ひび》かせていた。


コンサートの後で、時間のある部員でファミレスに立ち寄った。部員十六名中、十一人が同席したが、遼の姿はなかった。

ジュースで乾杯《かんぱい》をし、ピザやサラダなどをいくつか取ってシェアしたが、コンサートの余《よ》韻《いん》も手伝って、だれもが陽気だった。

梨乃の隣にいたのは純平《じゅんぺい》だった。

「岩井《いわい》さん、ソロ、よかったよ。マイルドな音色で、でも太くて」

「ほんと？　素直《すなお》に喜んでいい？」

「動員力もすごかったね。三組の子、いちばん多かったし」

「うん。わたしもびっくりした」

終わった後で妃津留がこっそり教えてくれたが、美湖が、クラスのみんなに声をかけてまわったそうだ。

「遼がさ……」

梨乃は、はっとなって、純平を見る。純平は、言いかけてから、声を一段落とした。

「柔《やわ》らかい表情で、聴《き》いてた」

「…………」

「そういえば、紺野《こんの》は？」

向かいに座《すわ》っていた真彩が聞いた。

「あ、家族が待ってるからって。妹の誕生日なんだってさ」

「妹って、来てたんじゃない？」

「うん。前の方の席で聴いてたよな」

やはりあれが、妹だったのだと、梨乃は思った。

「けど、ちゃんと来てよかったよ」

帆波がつぶやくと、

「遼が、来ないわけ、ねえだろ」

と、言ったのは、ペットの二年生だった。梨乃は、思わず相手の顔をじっと見てしまった。


その日の帰り、地下鉄で、純平と陶子と三人になった。

「さっき、言えなかったけど……」

純平が正面から、梨乃を見る。陶子がかすかに首を傾《かし》げ、梨乃はただ黙《だま》って、口を開くのを待った。

「遼、別れたって」

「それ、福島のカノジョ？」

陶子が聞くと、純平はこっくりと頷《うなず》く。

「いつのこと？」

「半月ぐらい前かな」

ふいに、梨乃は口の中に苦みを感じた。

「クリスマス、会いに行くのかって、ちょっといじったら、真顔で返されてさ、焦《あせ》った」

「離《はな》れてると、難しいのかな」

ぽつりと陶子が言ったが、梨乃は何を言っていいのかわからずに黙《だま》っていた。

「友だちに戻《もど》ろうって、言われたって」

「そうだったんだ」

「あいつ。この間休んだ時、仙台《せんだい》に行ったんだって」

仙台？　はっとして、純平を見る。が、言葉は出てこない。

「福島、でなくて？」

と、陶子が聞いた。

「うん。仙台で、震災《しんさい》の話を語るイベントがあって、それを、聞きたかったって」

純平が、ちらっと梨乃を見た。

「おれなんかより、大変な目に遭《あ》った人は、いくらでもいるんだ、って言ってた」

「けど、それを紺野に言われたら、あたしは立《た》つ瀬《せ》ない。計画停電、大変だったとか、とても言えないし」

「おれも同じようなこと、言ったよ。でも、自分が被災者《ひさいしゃ》だから、気になるのかな。もっと大変な思いをした人のことが。十人いれば十の体験がある。けど、なんていうか、一括《ひとくく》りにされることもあるよな」

「それは、そうかもね。たぶん、紺野と、梨乃とでは、事情はずいぶん違《ちが》ったんだってことも、たまたま身近にいるから、ちょっとはわかるけど」

「やっぱ、おれら、なかなか想像力が追いつかないっていうか。今だから言えるけど、あいつが、福島で被災したって話した時、どうしようって思った。やけに明るく振《ふ》る舞《ま》ってるけど、下校の時とか、そういうの、話題にしちゃいけないような」

「そっか、純平と紺野は一年男子の池袋《いけぶくろ》組だもんね」

「それって、先輩《せんぱい》たちも気にしてたと思うよ。コンクールの曲、『復興』でいいのかな、って。でも、やっぱり遼は明るかったし、それにけっこう音楽ばかっていうか。それで、すぐに慣れたし、音楽の話で盛り上がって。おれはあいつの好きな、スカバンドとか、あんまり興味ないけどさ。同じ楽器でも、いろんな吹《ふ》き方《かた》あるよなあ、とか」

「なんのかんのといっても、音楽ばかだよね、紺野にしろ、みんな……」

陶子の言葉を聞きながら、ふと、打ち上げの席で、ペットの先輩が口にした言葉がよみがえった。

「だよな。規律の厳しい部活じゃなくてよかったって」

「紺野が？」

「うん。それは、おれも同感かも」

「楽しくなきゃ音楽じゃないよ」

という陶子の口調は、松山《まつやま》先生をまねたものだった。

「あ、似てるぅ」

梨乃も、あえて明るい声で応じた。三人で顔を見合わせて笑ったが、ふいに純平が真顔になった。

「けど……。あれは、いつだったかな。ぽつりと……。自分のこと、いやになったりすること、あるか？　って」

「なんて答えたの？」

「あるよ、もちろん、って」

「だよね。あたしだって……」

純平と陶子のやりとりを、梨乃は黙《だま》って聞いていた。

「それ以上、何も言わなかったけど、おれも。でも、そん時、なんかちょっとだけ嬉《うれ》しかった。だからさ、おれは、遼と会えてよかった、とかって、言っちゃって。自分でもくさい台詞《せりふ》だって、思ったけど」

純平は、少し照れくさそうに笑った。

ほどなく、電車が池袋に着いたので、純平と別れて、陶子と二人、埼京線《さいきょう》に向かう。

「純平、いいやつだね」

陶子の言葉に梨乃はうなずいた。

「わたしね、陶子がいて、よかったって思っている」

「そんなの……お互いさまだよ」

梨乃は、それ以上だ、と思いながら、

「紺野と長尾《ながお》も、そんな感じかな」

と言った。そして、遼のために、純平という存在がいてよかったと思った。だからきっと、遼のことは、心配いらない。

イブの日、久しぶりに愛希菜《あきな》からメールがきた。部活のために、音楽室に向かうところだった。

——梨乃、メリークリスマス！

ごぶさたです。クリスマスコンサート、どうだった？

あたしは冬場の地味なトレーニングが続いてます。

冬至は過ぎたけど、これからが冬本番。でも、これから一日一日、日が長くなっていくんだなあ。暦《こよみ》って、面白いね。とにかく、しっかり体力つけないと。

太一《たいち》は、東京の大学を受験することも考えたようだけれど、結局、こっちの大学を受けることにしました。語ることは、これからも続けるって。今は、受験モードだけど、話してほしいって依頼《いらい》もきてるんだよ。

で、太一の受験が無事に終わったら、一緒《いっしょ》に東京に行こうって話してる。その時は、梨乃とも一緒に会いたいな。

スカイツリー、行きたい！

あと、近々《ちかぢか》、スマホに変える予定。連絡《れんらく》するね。

梨乃《りの》は、窓辺に寄って、すぐに返信した。

――クリスマスコンサート、楽しかったよ。三年が抜《ぬ》けて、今は人数が少ないけど、まずまずうまくいったかな。クラスの子もたくさん来《き》てくれた。来年の春は、勧誘《かんゆう》がんばる。あとね、菅原《すがわら》君の震災体験を語る会に、部活の仲間が聴《き》きに行ったみたい。人のつながりって、何か不思議だなって思ったよ。

春休み、楽しみにしてるね、もちろん、菅原君と、会うのもだよ。ただ、スカイツリーは、まだ混んでるから、キビシイかも。でも、どこでも付き合うよ。


最初、太一と打ってから、菅原君に変えた。

打ち終わった時、音楽室の方から、かすかな音色が耳に届く。一瞬《いっしゅん》、足が止まった。このメロディーは……。

梨乃は、足を速めた。しかし、音楽室に着く前に、音はもう止《や》んでいた。扉《とびら》を開ける。トロンボーンを片手に持って、窓辺に立って校庭を見下ろす遼がいた。

ふいに遼が振《ふ》り返《かえ》る。目を細めて梨乃を見て、かすかに笑ったような気がした。

声をかけたかった。けれどとっさに言葉が浮《う》かばずに、梨乃は、奥《おく》の準備室に向かい、楽器を持って戻《もど》った時には、もう遼の姿はなかった。

＊　＊　＊

年が明けた。

六時にかけた目覚ましに起こされて、梨乃はベッドから這《は》い出《で》ると、ジーンズとセーターに着替《きが》えた。川に行こうと思ったのだ。楽器を持って、初日の出を見ながら、新年の初吹《はつふ》きをしよう、と。

梨乃の好きな色であるモスグリーンのセーターは、母の手編みだった。ずっとレース編みをしていた母が、ある時、毛糸を編んでいることに気づいた。その時に編んでいたのがこのセーターだ。まさかあれが自分のためだったとは。セーターだけでない。そろいの糸で編んだマフラー、そして帽子《ぼうし》が、母からのクリスマスプレゼントだった。採寸したわけでもないのに、セーターは梨乃にぴったりで、よく似合っていると自分でも思った。

梨乃は足をしのばせてリビングに向かう。

両親はまだ寝《ね》ているようだった。昨日、梨乃は紅白歌合戦が終わった頃《ころ》に自室に戻ったが、二人はまだリビングに残っていた。

父が、珍《めずら》しく、

「おまえも飲むか?」

と、ウイスキーの瓶《びん》を取り出して、母の前に置いた。二人が何時頃《ごろ》まで飲んでいたのかを、梨乃は知らない。でも、あんな風に父母が向き合ってお酒を飲むのも、悪いことではない、と思った。

牛乳をマグカップに入れて、レンジで温めてから飲む。それから、学校から持ち帰っていたサックスを手に、外に出た。ダイニングテーブルに、「散歩に行ってきます」というメモを残した。

コートを着てから、母が編んだマフラーをかけ、帽子もかぶる。糸という線は面になるだけでなく、立体にもなると言った、母の言葉がよみがえる。

日の出は六時五十一分。まだ少し間があるが、外はだいぶ明るくなっていた。さほどの冷《ひ》え込《こ》みではないものの、北寄りの風が冷たい。

荒川《あらかわ》の土手までは、七、八分。

途中《とちゅう》で、スマホが着信を告げたので、取り出して見る。

ラインの友だち申請《しんせい》。愛希菜からだった。承認《しょうにん》するとすぐにメッセージが届いた。


おめでとう。今年もよろしく!!

やっとスマホ持ちになったよ。


そして、太一とツーショットの写真。

しげしげと眺《なが》める。愛希菜の笑顔《えがお》。太一も笑っている。太一って、こんな顔してたんだっけ、と梨乃は思った。表情からは愛希菜への思いが伝わってくる。梨乃に付き合おうといった太一。やさしくしてくれたけれど、恋《こい》というのとは違《ちが》う感情だった。

まずは〈Happy New Year〉のスタンプを送る。

ピンクの〈Happy〉という文字がきらきらしている。

空を見上げる。天気予報には晴れマークがついていたが、この時刻は雲に覆《おお》われていた。日の出は見られないかもしれない。それでも、いい。「Happy New Year」と、自分に向けて小さくつぶやく。年が変わったからといって、格別のこともないけれど。

今年もよろしくね。
わたしはこれから、川の土手で初サックス。
観客なしのソロ演奏だよ～。

送った文字が既読《きどく》になったのを確認《かくにん》して、スマホをしまい、また歩き出す。ボート場のある戸田公園《とだこうえん》を脇《わき》に見て、土手へと続く道を歩く。

その時、わずかに切れた雲の隙間《すきま》から太陽が現れて、ほんの一瞬《いっしゅん》、空を明るく染《そ》めた。光に誘《さそ》われるように、梨乃は、土手を上りきると、おもむろに楽器を取り出す。それからゆっくりと土手を下りて、河原に向かう。夏には緑の草が茂《しげ》っていた河原も土手も、今は冬の色をしている。

川が間近に見えるところに立った梨乃は、手袋《てぶくろ》を取った。手をこすり合わせてから、マウスピースをくわえ、そっと息を吹《ふ》き込《こ》む。明るく澄《す》んだ音が響《ひび》き、空気に溶《と》け込《こ》んでいく。ひんやりとした風が頬《ほほ》をなでていった。この風に乗って、音は川のむこうの対岸へ、届くだろうか。

ひとしきり、ロングトーンをすませた後、梨乃は、ゆったりと流れる川を見下ろしながら、曲を吹き始《はじ》めた。曲は、密《ひそ》かに楽譜《がくふ》を買って、時おり部活の合間にも練習をしていた「黒いオルフェ」。詩緒のようにかっこよくは吹けない。でも、吹きたい。ゆったりとしたテンポで歌うように吹く。曲が終盤《しゅうばん》にさしかかった。

サックスではない楽器のメロディーが頭によみがえる。それは、クリスマスイブの日に、耳にした、三連符《れんぷ》の続くところだ。あの日、音楽室に向かう途中《とちゅう》でとらえた、トロンボーンの音。ほんの短いフレーズだったけれど、あれはまちがいなく「黒いオルフェ」だった。その音色を思《おも》い浮《う》かべて、梨乃は自分のサックスの音色を重ねる。

今は静かに流れる荒川《あらかわ》を、かつては荒《あら》ぶる川だったと教えてくれたのは、だれだったか。だからこそ、その名を持つのだろう。川も海も、荒《あ》れ狂《くる》うこともある。それでも、自分が暮らしてきた街に、川は当たり前のように流れていた。

川を眺《なが》めるのが好きだった。流れの元を想像し、流れる先に思いをめぐらした。故郷の川はやがて海にたどりつく。目の裏に浮かぶ紺碧《こんぺき》の海。今、目の前を流れるこの濁《にご》った川も、やがて海に至る。故郷の美しい海とは違《ちが》うけれど。

もう一度、同じ曲を吹く。対岸を見つめながら、音に身をゆだねるように。

戸田橋の先の荒川橋梁《あらかわきょうりょう》を、常盤《ときわ》グリーンの新幹線が、北へと走っていく。ふと、吹くのをやめて、列車を目で追う。走り去った後の静寂《せいじゃく》の中、再び、サックスに息を吹き込《ふこ》もうとしたその時、梨乃の耳が、別の音をとらえた。はっとして顔を上げ、対岸を見つめる。

何も見えなかった。だれの姿も、見えなかった。けれども、梨乃の耳はたしかに、ある音をとらえた。

梨乃は、河原から土手へ上がり、戸田橋に向かう。荒川をまたぐ、長い橋。橋の先は東京だ。

この川のむこうには、何があるのだろうか。

橋のたもとに立って、先を見つめる。日頃《ひごろ》はひっきりなしに車が行き交《か》う橋だけれど、元日の朝、通行する車は少なかった。

空が、また少し明るさを増す。

梨乃は、渡《わた》ったことのない橋へと、一歩《いっぽ》踏《ふ》み出した。

濱野京子（はまの・きょうこ）
熊本県に生まれ、東京で育つ。『フュージョン』でJBBY賞、『トーキョー・クロスロード』で坪田譲治文学賞を受賞。作品に『アギーの祈り』『石を抱くエイリアン』『その角を曲がれば』『くりぃむパン』『バンドガール！』「レガッタ！」シリーズ、「ことづて屋」シリーズなどがある。埼玉県在住。

＊この作品は、東日本大震災に関するさまざまな新聞報道やメディア情報等、ならびに東北地方での作者自身の見聞を参考にしましたが、物語はあくまで作者による創作であり、登場人物や団体に特定のモデルはありません。

この川のむこうに君がいる

作者　濱野京子
発行者　内田克幸
編集　芳本律子
発行所　株式会社 理論社
〒101-0062　東京都千代田区神田駿河台2-5
電話　営業 03-6264-8890　編集 03-6264-8891
URL　https://www.rironsha.com

2018年11月初版
2019年4月第2刷発行

本文組　アジュール
印刷・製本　中央精版印刷

ISBN978-4-652-20289-0　NDC913　四六判　20cm　222P